U0569556

In the noonday sun

Thus did a handful of rapacious citizens come to control all that was worth controlling in America. Thus was the savage and stupid and entirely inappropriate and unnecessary and humorless American class system created. Honest, industrious, peaceful citizens were classed as bloodsuckers, if they asked to be paid a living wage. And they saw that praise was reserved henceforth for those who devised means of getting paid enormously for committing crimes against which no laws had been passed. Thus the Am~ belly up, turned green, bobbed to the cupid ity unlimited, filled with gas, w

God damn it, you've got to be kind.
该死的，你得做个好人。

ood always,
ll be fooled.

切正常，
被你骗过。

Be a sincere, attentive friend of the poor.

enerous. Be kind. You can safely ignore the arts and
nces. They never helped anybody. Be a sincere,
ntive friend of the poor.

远假装一切
七竟也会被

it, you've got to be kind.

n the noonday s

did a handful of rapacious citizens come to con
as worth controlling in America. Thus was the
and stupid and entirely inappropriate and unnecessar
humorless American class system created. Honest, in
ous, peac~
classed as bloodsuckers, i
age. And they saw that pr
those who devised means
committing crimes against
belly up, turned green, ~. ~hus the American dream t
cupid ity unlimited, filled with gas, went bang in the
noonday sun.

ve people who have no d

Rosewater County was far from insane. It was quite
st important social experiment of our time, for it dealt on
ale with a problem whose queasy horrors will eventually
-wide by the sophistication of machines. The problem is
ove people who have no use?

于是乎，一小撮贪婪的公民得以控制全美国值得控制的一切。一
个野蛮而愚蠢、完全不相称、没必要存在和缺乏幽默感的美国阶
就这么建立了起来。诚实、勤劳而平和的公民，若是胆敢乞求一
糊口的工资，就会被划入吸血鬼的行列。他们只能眼睁睁地看着
专门保留给某些人。这些人设计出种种手段，犯下不受任何法律约
行，却为此收获

穷人的脏

的公民得以控制全美国
全不相称、没必要存在和
诚实、勤劳而平和的公民，若是胆取乞求一切能
被划入吸血鬼的行列。他们只能眼睁睁地看着赞
这些人设计出种种手段，犯下不受任何法律约
量的报酬。于是~
了肚皮，腐烂变绿，
被沼气胀满，最

County was far fro
st important social e
ll scale w
ly be
chines.
ave no

end to
ven God will b

good

社会实验，你试图在一个极小的尺度上解决一个难题，
`F县做的事情和精神失常八竿子打不着。那有可能是我们这
`r随着机器的日趋精密而遍及整

读客彩条外国文学文库

熊猫君激发个人成长

祝你好运，
有钱先生

〔美〕库尔特·冯内古特　著

姚向辉　译

KURT
VONNEGUT

God bless you,
Mr. Rosewater

文汇出版社

图书在版编目（CIP）数据

祝你好运，有钱先生 / (美) 库尔特·冯内古特著；
姚向辉译. — 上海：文汇出版社, 2023.6
　　ISBN 978-7-5496-4010-2

　　Ⅰ. ①祝… Ⅱ. ①库… ②姚… Ⅲ. ①长篇小说－美
国－现代 Ⅳ. ①I712.45

中国国家版本馆CIP数据核字(2023)第073872号

GOD BLESS YOU, MR. ROSEWATER
Copyright © 1965, Kurt Vonnegut, Jr.
This edition arranged with The Wylie Agency (UK), Ltd.
Simplified Chinese translation copyright:
©2023 Dook Media Group Limited
All rights reserved.

中文版权 © 2023 读客文化有限公司
经授权，读客文化股份有限公司拥有本书的中文（简体）版权
著作权合同登记号：09-2023-0282

祝你好运，有钱先生

作　　者 / ［美］库尔特·冯内古特
译　　者 / 姚向辉

责任编辑 / 甘　棠
特约编辑 / 张靖雯　　张敏倩　　夏文彦
封面设计 / 李子琪

出版发行 / 文汇出版社
　　　　　　上海市威海路 755 号
　　　　　　（邮政编码 200041）
经　　销 / 全国新华书店
印刷装订 / 河北中科印刷科技发展有限公司
版　　次 / 2023 年 6 月第 1 版
印　　次 / 2023 年 6 月第 1 次印刷
开　　本 / 880mm×1230mm　　1/32
字　　数 / 160 千字
印　　张 / 7.5

ISBN 978-7-5496-4010-2
定　　价 / 66.00 元

侵权必究
装订质量问题，请致电010-87681002（免费更换，邮寄到付）

献给阿尔文·戴维斯，

心灵感应者，

恶棍之友。

第二次世界大战结束了——而我在正午时分横穿时报广场，戴着一枚紫心勋章*。

——埃利奥特·罗斯沃特（罗斯沃特基金会主席）

所有人，

无论死活，

都是纯粹的巧合，

不该被分析。

1

这是一个关于人的故事，主要角色是一笔钱，就像在关于蜜蜂的故事里，主要角色多半是一团蜂蜜。

咱们挑一天来说吧，1964年6月1日，这笔钱总计87,472,033美元61美分。也正是在这一天，这个数字吸引了新手讼棍诺曼·穆沙里温柔的视线。这笔款项每年能产生350万美元的利息，每天近一万元，星期天也不例外。

这笔钱成为1947年成立的一个慈善与文化基金会的核心，那年诺曼·穆沙里只有六岁。在此之前，它是全美排行第十四的家族的资产，也就是罗斯沃特家族的资产。它之所以被塞进一个基金会，无非是为了阻止税务人员和不是罗斯沃特家族的其他掠食者染指这笔资产。罗斯沃特基金会的章程——法律胡话的集大成者——事实上规定了基金会的主席职位就像英国王位一样是世袭的，它必须传给基金会创始人印第安纳州参议员利斯特·埃姆斯·罗斯沃特血缘最近、年岁最长的直系后裔，直到永远。

　　主席的同胞手足在年满二十一岁后将成为基金会的管理人员。所有管理人员都是终身职务，除非能在法律上证明其精神失常。他们可以随心所欲地为他们的服务奖赏自己，但仅限于从基金会的收入中支取。

· · ·

　　根据法律规定，基金会禁止参议员先生的后裔参与基金会资金的管理工作。看管资金的任务成了与基金会同时成立的一家公司的责任。这家公司的名字倒是直截了当，就叫罗斯沃特公司。和所有公司一样，它也致力于开源节流、开支平衡。公司的雇员收入颇丰。他们因此既狡诈又快活，充满活力。他们的主要工作是倒买倒卖其他公司的股票和债券，次要业务是管理一家制锯厂、一家保龄球馆、一家汽车旅馆、一家银行、一家酿酒厂、印第安纳州罗斯沃特县的大量农田和肯塔基州北部的几个煤矿。

　　罗斯沃特公司在纽约市第五大道五百号占据了两层楼，在伦敦、东京、布宜诺斯艾利斯和罗斯沃特县设有小型办事处。罗斯沃特基金会的成员无权过问公司对资金的运用。反之亦然，公司也无权过问基金会如何处理公司制造的大量利润。

． ． ．

　　年轻的诺曼·穆沙里从康奈尔法学院以全班最佳成绩毕业，然后来到华盛顿，为麦卡利斯特－罗伯延特－里德与麦吉律师事务所效力。而为基金会和罗斯沃特公司设计运营架构的正是这家事务所，因此他才会知晓上述情况。他拥有黎巴嫩血统，父亲是布鲁克林的一位地毯商人。他身高五英尺三英寸，有个硕大无朋的屁股，脱光衣服的时候尤其显眼。

　　在事务所的所有男性雇员中，最年轻、最矮小和最缺乏盎格鲁－撒克逊气质的非他莫属。他被安排在了最年迈的合伙人手下，也就是瑟蒙德·麦卡利斯特，一位七十六岁的好脾气老糊涂。要不是其他合伙人认为麦卡利斯特的做事风格缺了那么一丁点儿恶毒，他恐怕就不可能得到这份工作了。

　　没人和穆沙里一起出去吃过午饭。他总是一个人躲在便宜的小饭馆里补充营养，顺便策划如何以暴力手段颠覆罗斯沃特基金会。他不认识罗斯沃特家族的任何人。勾起他情绪的原因很简单：罗斯沃特家族的资产是麦卡利斯特－罗伯延特－里德与麦吉律师事务所代理的最大一笔财富。他想起他最喜爱的教授伦纳德·利奇，教授曾经告诉过他该如何在法律界向上爬。教授说，就像优秀的飞行员永远在寻找降落点一样，律师也应该去寻找大笔金钱即将易手的时机。

　　"在每一次大宗交易之中，"利奇说，"都存在一个魔法时刻，也就是一方已经交出了一笔财产，而应该接手的另一方还没有收到它。一名机警的律师会利用好这个时刻，先占有那笔财产，在这'魔法一毫秒'里抽出一丁点儿，然后再把这笔钱交出去。假如接收的一方和大多数普通人一样不习惯坐拥大笔财富，有着自卑情结和说不清道不明的负罪感，那么律师往往能抽走多达总数一半的资金，而接收方依然会感激涕零地感谢他。"

穆沙里越是翻阅事务所与罗斯沃特基金会相关的机密文件，就越是满心激动。尤其让他感到振奋的是章程中的一个部分：假如一名管理人员被法庭判定为精神失常，基金会就必须立刻开除他。办公室里有个众所周知的小道消息，那就是基金会的主席，参议员先生之子埃利奥特·罗斯沃特，脑子有点问题。这种描述有点戏谑，但穆沙里知道，这种调侃无法成为呈堂供词。穆沙里的同事们在提到埃利奥特时称他为"疯子""圣徒""摇喊派""施洗约翰"等。

"我必须想尽方法，"穆沙里在心里沉思道，"把这个家伙弄到法官面前去。"

根据所有的文件，基金会主席的第二顺位人选是埃利奥特在罗德岛州的一名表亲，此人在所有方面都比不上埃利奥特。等那个魔法时刻到来，穆沙里会成为他的代理人。

穆沙里天生五音不全，他不知道自己在办公室有个外号。这个外号就在一首民谣的歌名里，每次他出门或进门，总会有人用口哨吹起这首曲子：《黄鼠狼逃跑了》[1]。

. . .

埃利奥特·罗斯沃特于1947年成为基金会的主席。十七年后，穆沙里开始调查他的时候，埃利奥特四十六岁。穆沙里以为自己是将要杀死歌利亚的勇敢少年大卫，他的年龄刚好是埃利奥特的一半。另外，就好像上帝他老人家希望"少年大卫"获胜一样，一份又一份的机密文件都证明了埃利奥特疯得无可救药。

举例来说，事务所的保险库里有一份上锁的文件，那是个加盖了三个蜡封的信封，应该在埃利奥特去世后原封不动地交给接管基金会的继任者。

信封里是埃利奥特的一封信，内容如下：

亲爱的老表，或者天晓得是谁的什么人：

恭喜你得到这一大笔财富。祝你玩得开心。了解一下这笔令人难以置信的财富在你之前都经过了一些什么样的操盘手和监管者，也许有助于开阔你的眼界。

和全美国的每一笔巨额财富一样，一开始为罗斯沃特家族积蓄资产的也是一个毫无幽默感的吝啬鬼。这个虔信

1　*Pop! Goes the Weasel*，英国儿歌，起源于18世纪。

基督教的农场小子在内战期间和内战后变成了一名投机商和行贿者。这位农场小子正是我的曾祖父诺亚·罗斯沃特，他出生于印第安纳州的罗斯沃特县。

诺亚和他的兄弟乔治从他们的拓荒者父亲手上继承了六百英亩土地，这片土地和巧克力蛋糕一样黝黑和肥沃，他们还继承了一家濒临破产的小型制锯厂。然后内战开始了。

乔治组织起一个步枪连，率领队伍出发。

诺亚雇了个村里的傻蛋替他上战场，把制锯厂改造成生产长剑和刺刀的地方，把农田翻建成养猪场。亚伯拉罕·林肯宣布不管花费多少金钱都要重建联邦，于是诺亚按照国家的危难程度为他的商品定价。在此期间他发现了一个事实：无论政府对货物的价格和质量有什么异议，只需要少得可怜的一丁点儿贿赂就能让异议烟消云散。

他娶了全印第安纳州最丑陋的女人克丽奥塔·赫里克，因为她拥有40万美元。他用妻子的钱扩建工厂，购买农田——全在罗斯沃特县境内。他成了整个北方最大的私人养猪场的老板。为了不被肉类加工商盘剥，他买下了印第安纳波利斯一家屠宰场的多数股权；为了不被钢材供应商盘剥，他买下了匹兹堡一家钢铁公司的多数股权；为了不被煤炭供应商盘剥，他买下了几家煤矿的多数股权；为了不被借款人盘剥，他创建了一家银行。

他拒绝受人盘剥的偏执性格使他越来越多地从事有价凭证、股票和债券的交易，越来越少地插手刀剑和猪肉的生产。他对低值凭证做了些小试验，这使他深信这样的凭证不费吹灰之力就能卖掉。他持续贿赂政府官员，以此染指国库和国家资源；而与此同时，他最热衷的事业变成了兜售掺水的股票。

美利坚合众国本来要建成所有人的乌托邦，然而在它建国还不到一百年时，诺亚·罗斯沃特和他为数不多的同类就在一个方面证明了开国元勋的愚蠢：那些在时代上与他们接近得可悲的先辈忘了在这个乌托邦制定一条法律，即每一位公民所拥有的财富都应当有所限制。如此疏忽的源头有两个，一个是对喜爱昂贵事物的那些人的一时心软和感同身受，另一个是认为这块大陆是如此广袤和富饶，而居民是如此稀少和有进取心，因此任何盗贼，无论他们掠夺得多么迅猛，都顶多只能对他人造成些许不便。

诺亚和他为数不多的同类看清了一点：这块大陆事实上是有边界的，而贪官污吏（尤其是立法者）是能够被收买的，他们可以把国家大块大块地抛出来供人攫取，而且还能不偏不倚地抛在诺亚及其同类的脚边。

于是乎，一小撮贪婪的公民得以控制全美国值得控制的一切。于是乎，一个野蛮而愚蠢、完全不相称、没必要存在和缺乏幽默感的美国阶级体系就这么建立了起来。诚实、勤劳而平和的公民，若是胆敢乞求一份能养家糊口的工作，就会被划入吸血鬼的行列。他们只能眼睁睁地看着赞美被专门保留给某些人。这些人设计出种种手段，犯下不受任何法律约束的罪行，却为此得到丰厚的报酬。于是乎，美国梦翻了肚皮，腐烂变绿，如大海般无垠的贪欲在那充满浮渣的表面上载浮载沉，被沼气胀满，最终在正午的阳光下炸得粉碎。

合众为一[1]，多么讽刺的一句格言，它刻在这个已经破灭的乌托邦的钱币上，因为每一个富裕得荒诞的美国人都代表着财产、特权和快乐，而这些东西将大多数人拒之门外。从诺亚·罗斯沃特之流创造的历史来看，也许应该把它换成更有教育意义的另一条格言：捞得再多也不嫌多，否则就是一无所得。

诺亚生下萨缪尔，萨缪尔娶了杰拉尔丁·埃姆斯·洛克菲勒。萨缪尔对政治的兴趣比他父亲更大，他扮演造王者的角色，不知疲倦地侍弄共和党，指挥这个党提名某些人。这些货色会像托钵僧似的疯狂跑腿，用巴比伦语流畅地吼叫，命令民兵向那些似乎以为自己与罗斯沃特家族的人在法律面前同样平等的穷人开枪。

萨缪尔收买了报纸，也收买了传教士。他让他们去

1　原文为拉丁文"E pluribus unum"，美国国徽正面的格言。

宣讲一个简单的道理，而他们确实讲得很好：任何人，只要他认为美利坚合众国理应是个乌托邦，就必定贪婪成性、好吃懒做，是个该死的傻瓜。萨缪尔用他雷霆般的声音说，美国工厂里没有一个人的日薪应该高于八美分。然而，若有机会花30万美元甚至更高的价码购入某个死了三百年的意大利佬的画作，他却会感到无比欣慰。接下来，他还会让这种羞辱更上一层楼：把油画捐给博物馆去展出，用来提升穷鬼们的精神境界。对了，博物馆每逢周日就闭馆休息。

而萨缪尔生下了利斯特·埃姆斯·罗斯沃特，利斯特又娶了尤妮斯·埃利奥特·摩根。至于利斯特与尤妮斯，这一对儿倒是有些说头，他们和诺亚与克丽奥塔，还有萨缪尔与杰拉尔丁不一样，他们笑起来像是真的发自肺腑。尤妮斯曾是1927年全美女子象棋比赛冠军，在1933年再次获此殊荣，为历史添上了这么一个好玩的注脚。

尤妮斯还写过一本历史小说，小说名叫《马其顿的兰芭》，是1936年的畅销书，主角是一个女角斗士。1937年，尤妮斯在马萨诸塞州科士伊的一场帆船事故中遇难。她为人聪颖而有趣，真心实意地关怀穷人的处境。她是我的母亲。

她的丈夫利斯特从未涉足商界。从他出生那一刻到我写这封信的漫长时间里，他一直让律师和银行去处理他的产业。他几乎把整个成年人生都耗费在了美国国会里——教导道德训令，先是担任罗斯沃特县周边选区的代表，随后成为印第安纳州的参议员。他是不是印第安纳州的居民，甚至有没有去过印第安纳州，那就是个微妙的政治故事了。而利斯特的儿子是埃利奥特。

一个普通人会如何思考他的左脚大拇指，利斯特就会如何思考他继承而来的祖产的影响与意义。财富从未让他感到过喜悦或烦忧，也没有勾起过他的欲望。他连眉头都没皱一下就把它的百分之九十九交给了你现在控制的这个基金会。

而埃利奥特娶了西尔维娅·杜夫雷·泽特林，她是一位巴黎美女，后来十分痛恨埃利奥特。她的母亲是画家的赞助人，她的父亲是在世的最优秀的大提琴演奏家。她母亲的父母分别出身于罗斯柴尔德家族和杜邦家族[1]。

而埃利奥特成了一个酒鬼，一个乌托邦梦想家，一个自命不凡的圣人，一个毫无目标的傻瓜。

他连个屁都没生出来。

祝你一路顺风，亲爱的老表或者天晓得是谁的什么人。要慷慨。要仁慈。你可以放心大胆地不去沾染艺术和科学，这些东西从没帮助过任何人。要当穷人的朋友，要真诚和关怀。

1　罗斯柴尔德家族和杜邦家族均为举世闻名的传奇财富家族。

这封信的署名是：

　已故的埃利奥特·罗斯沃特。

诺曼·穆沙里的心脏跳得像防盗警铃，他租了个大保险箱，把这封信存了进去。这是第一个靠得住的证据，它不会孤单太久的。

穆沙里回到他的格子间里，回想起西尔维娅正在和埃利奥特闹离婚，而老麦卡利斯特代表被告方。她住在巴黎，于是穆沙里写信给她，称在友好而文明的诉讼离婚过程中，按惯例双方应当交还对方的信件。他请西尔维娅把她保存的埃利奥特的所有信件寄给他。

他在回复的邮包中收到了五十三封类似的信件。

2

1918年，埃利奥特出生于华盛顿特区。和他声称代表胡塞尔州[1]的父亲一样，埃利奥特也是在东海岸和欧洲长大、上学、过愉快的生活。他们一家每年都会回一趟他们在罗斯沃特县所谓的"老家"，时间永远很短，只够给那地方是他们老家的谎言续一口气。

埃利奥特在鲁米斯中学和哈佛大学接受教育，成绩平平。他每年去科德角的科士伊度暑假，因此成了一名熟练的帆船手；又因为冬天去瑞士度假而练就了马马虎虎的滑雪技能。

1941年12月8日，他离开哈佛大学法学院，志愿参加美国陆军的步兵部队。他在多场战役中表现优异，晋升为上尉，担任连长。欧陆战事行将结束的时候，埃利奥特被诊断为战斗疲劳症。他来到巴黎住院，在那里对西尔维娅展开追求并赢得了她的芳心。

1　印第安纳州的别称。

第二次世界大战结束后，埃利奥特带着美艳的妻子回到哈佛大学，拿到了法学学位。后来他继续专攻国际法，梦想以某种方式为联合国效力。他取得了这个专业的博士学位，新组建的罗斯沃特基金会的主席位置也同时交给了他。根据基金会的章程，他的职责正如他声称的那样，可以无足轻重，也可以至关重要。

埃利奥特选择了认真对待基金会的事务。他在纽约买了一幢联排别墅，门厅里有喷泉的那种。他往车库里放了一辆宾利和一辆捷豹。他在帝国大厦租了个办公室套间。他把办公室粉刷成酸橙色、焦橙色和牡壳白色。他宣传这里就是他希望从事的一切富于同情心、美妙和科学的事业的总部。

他嗜酒如命，但没人担心过这个问题，因为无论喝多少烈酒似乎都无法让他醉倒。

· · ·

从1947年至1953年，罗斯沃特基金会花掉了1400万美元。埃利奥特的布施遍及慈善事业的整个版图：从底特律的一家节育诊所，到捐给佛罗里达州坦帕市的一幅格雷考[1]的画作。罗斯沃特家族的金钱用于抗击癌症、精神疾病、种族偏见、警察暴行和数不胜数的其他苦难，用于鼓励大学教授追求真理，并且不惜一切代价购买美好事物。

---

1 西班牙文艺复兴时期的画家、雕塑家与建筑家。

说来讽刺，埃利奥特资助的一项研究的主题正是圣迭戈市的酗酒问题。收到报告的时候，埃利奥特刚好醉得连字都不认识了。西尔维娅不得不前往他的办公室护送他回家。上百人目睹她领着埃利奥特穿过人行道，登上等在路边的出租车。而埃利奥特则向众人吟诵他花了一整个上午写出来的一首两行诗：

许多、许多美好的事物由我亲手带来！
许多、许多邪恶的事物由我奋力抗争！

· · ·

那次风波过后，埃利奥特在懊悔中清醒了两天，然后失踪了一个星期。别的暂且不提，单说他如何闯进宾夕法尼亚州米尔福德一家汽车旅馆里举办的科幻小说大会好了。诺曼·穆沙里从麦卡利斯特－罗伯延特－里德与麦吉律师事务所的文件中翻出一份私家侦探的报告，得知了此事的经过。老麦卡利斯特雇那位侦探去监视埃利奥特的一举一动，以确定他不会做出有可能让基金会在法律上陷入尴尬境地的事情。

报告里逐字逐句地抄录了埃利奥特向作家们发表的演讲。会议的整个过程都记录在磁带上，埃利奥特酒后擅闯会场的过程也包括在内。

"我爱死你们这帮浑蛋了，"埃利奥特在米尔福德说，"我现在只看你们写的东西。只有你们还会谈论正在发生的真正惊人的变化；只有你们足够疯狂，知道生命是穿越空间的航程，不但毫不短暂，而且会持续几十亿年；只有你们足够勇敢，敢于真正地在乎未来；只有你们真的注意到了机器对人类做了什么，战争对人类做了什么，城市对人类做了什么，大而无当的理念对人类做了什么，磅礴如海的误解、错失、事故和灾难对人类做了什么；只有你们足够荒唐，愿意苦苦思索无限的时间和距离，愿意苦苦思索永不消亡的秘密，愿意苦苦思索我们此刻正在试图寻找答案的难题：接下来十几亿年穿越空间的航程将要前往天堂还是地狱？"

· · ·

接下来埃利奥特声称，科幻小说家写的东西连几个酸苹果都换不来，但他又说这并不重要。他说，即便如此，他们也还是诗人，因为他们比那些写得好的作家对重大变革更加敏感："让那些才华横溢的废物点心见鬼去吧，他们只会描写短短人生中的一个小片段，而我们面临的议题是星系、永世和尚未出生的万亿众生。"

· · ·

"我只希望基尔戈·特劳特也在场，"埃利奥特说，"这样我就可以和他握手，告诉他他是当今在世的最伟大的作家了。刚才有人告诉我，他未能成行是因为他害怕会丢掉工作！而这个社会给它最伟大的先知安排了一个什么工作？"埃利奥特哽住了，好几秒钟说不出话来，他无法逼着自己说出特劳特的职位："他们安排他在海恩尼斯的一家优惠券兑换中心当仓库保管员！"

这是真的。特劳特，八十七本平装小说的作者，是个赤贫的穷鬼，出了科幻界就没人知道他是谁了。在埃利奥特如此热情地赞美他的时候，他已经六十六岁了。

"一万年以后，"埃利奥特醉醺醺地预言道，"我们的将军和总统的名字都会被遗忘，我们这个时代唯一会被记住的英雄就是《2BRO2B》的作者。"《2BRO2B》是特劳特的一本书，经过考证，人们发现这个书名其实是哈姆雷特提出的著名难题。

· · ·

为了完善他的埃利奥特档案，穆沙里开始尽心尽力地搜寻这本书。在乎名声的书商都没听说过特劳特。穆沙里最后钻进一家黄书贩子的窝点去碰运气。他在店里最下流的色情书堆里找到了特劳特的全集，但每一本书都破烂到了极点。《2BRO2B》出版时的定价是两毛五，现在却花了他五块钱，一本伐蹉衍那的《欲经》[1]也花了他这么多钱。

1　古印度一本关于性爱的经典书籍，成书时间大概在1世纪和6世纪之间。

穆沙里大致翻了翻《欲经》，这是一本关于性爱技艺的东方典籍，长期被禁，试摘录如下：

假如一名男子用阿勒勃和阎浮树的果实汁液做成胶冻，并与苏摩、驱虫斑鸠菊、鳢肠和lohopa-juihirka的粉末混合在一起，然后将混合物敷在他即将与之交合的女性的外阴上，他对她的欲望就会顿时消失。

穆沙里没有在这里面看到任何有趣之处。法律那绝对不容嬉戏的精神牢牢地囚禁了他，因此他从来无法在任何东西里看到有趣之处。

另外，他也缺乏足够的智慧，以至于会认为特劳特的著作是非常下流的书籍，原因仅仅是它们在这么一个地方以如此高昂的价格卖给这么古怪的一群人。他无法理解特劳特与色情书籍的共同之处并不是性爱，而是对一个开放得令人难以想象的世界的幻想。

· · ·

就这样，穆沙里艰难地蹚过那鄙俗的文字和对性爱的渴求，学到的却是有关自动化的知识，他不禁觉得自己上了个大当。特劳特最喜爱的套路是先描绘一个极度丑恶的社会——但这个社会与他所生活的社会不无相似之处——然后在临近收尾的时候，转而指出有可能存在的改良方式。他在《2BRO2B》里虚构了另一个美国：机器几乎包办了所有工作，一个人没有三四个博士学位就不可能找到工作。这个美国还面临着严重的人口过剩问题。

一切严重疾病都已被征服。死亡因此成了一种自愿行为，政府为了鼓励志愿者去死，在各个主要路口设立了紫色屋顶的合法自杀小店，永远挨着橙色屋顶的霍华德·约翰逊快捷旅馆。小店里有漂亮的女服务员、舒适的沙发椅、动听的背景音乐和十四种可选的无痛死法。自杀小店业务繁忙，既因为有许多人觉得生活愚蠢而毫无意义，也因为慨然赴死据说是一种无私的爱国行为。自杀者还可以去隔壁吃一顿免费大餐呢。

如此等等。特劳特的想象力真是无与伦比。

书里有个角色问自杀侍女他能不能上天堂，得到的答案是"当然能了"。他问他会不会见到上帝，她说："那还用说吗，亲爱的？"

于是他说："我也这么希望。我想问他一个我在这底下一直没能搞懂的问题。"

"什么问题呢？"她说，用皮带把他捆在椅子上。

"人活着到底是为什么？"

• • •

再说回米尔福德。埃利奥特对科幻作家们说，他希望他们能多了解一些性爱、经济学和时尚的知识；但另一方面，他也认为假如一个人在忙着处理真正重要的议题，恐怕就不可能有时间去关心那些东西了。

他忽然想到一点，还没人写过一部真正像样的关于金钱的科幻小说呢。"想一想金钱是如何在地球上疯狂转手的吧！"他说，"你们根本不需要去反物质星系508G的特拉法玛多星球，就能找到拥有不可思议力量的怪异生物。看一看地球上百万富翁的能力吧！看一看我！我和你们一样赤条条地出生，但是老天在上，我的朋友们和邻居们啊，我每天都有几千美元供我挥霍！"

他说到这儿停了下来，以引人瞩目的方式展示他魔法般的力量：用脏兮兮的手为在场的每一个人签了一张200美元的支票。

"这是给你们的幻想，"他说，"等你们明天走进银行，幻想就会变成现实。我有能力对如此重要的金钱做出这种事情，这简直太疯狂了。"他一时间失去了平衡，他好不容易才站稳，然后险些站着睡了过去。他费力地睁开眼睛："我把这个任务交给你们，我的朋友们和邻居们，尤其是不朽的基尔戈·特劳特：思考一下金钱如今在以什么样的愚蠢方式换手，然后请构思一些更合情合理的方式。"

· · ·

埃利奥特逃出米尔福德，搭车来到宾夕法尼亚州的斯沃斯莫尔。他走进一家小酒吧，然后宣布，任何人只要能掏出志愿消防员的徽章，就可以免费和他一起喝酒。他慢慢地组织起了一场闹腾的欢宴，他在宴会上声称有一个理念深深地打动了他：一种气体笼罩着一颗有人类栖息的行星，它急不可待地想和此处居民所珍视的一切事物发生剧烈的结合反应。他指的是地球和氧气。

"弟兄们，好好想一想吧，"他口齿不清地说，"正是它把我们牢牢地结合在一起，超过了除重力外的所有东西。我们少数几个人，幸运的少数几个人，我们这支兄弟般的队伍——联合在一起，共同从事这项重要的工作，防止我们的食物、居所、衣物和爱人与氧气相结合。弟兄们，我告诉你们，我曾经属于一个志愿消防队，假如纽约市还存在这么一个人类的组织，一个人道主义的组织，那我此刻也愿意属于它。"埃利奥特自称当过消防员完全是在扯淡。他离消防员最近的时刻还是他小时候每年光临罗斯沃特镇的时候。镇上的马屁精为了哄小埃利奥特开心，让他当上了罗斯沃特志愿消防队的吉祥物。他从没上阵灭过火。

"告诉你们，弟兄们，"他继续道，"要是俄国登陆艇有朝一日真的登陆了，我们没有任何办法阻止他们，靠溜须拍马在这个国家混上好职位的那些虚伪的杂种会立刻跪倒在地，捧着伏特加和鱼子酱迎接征服者，心甘情愿去做俄国人能想到的一切差事。而老天在上，你们知道谁会拿着猎刀和春田步枪躲进森林，谁会坚持战斗一百年吗？志愿消防员，就是他们。"

埃利奥特在斯沃斯莫尔因为醉酒和扰乱公共秩序被送进了拘留所。第二天早晨，等他醒来，警察打电话给他妻子。他向妻子道歉，然后羞愧地溜回了家。

. . .

但没过一个月，他又出走了，继续和消防员开怀畅饮。前一天夜里在西弗吉尼亚州的科洛弗利克，第二天夜里则在新泽西州的新埃及。他在旅途中和另一个人交换了衣服，用一身价值400美元的正装换了一套1939年的双排扣蓝色细条纹西装，这身衣服的垫肩像是直布罗陀海峡，翻领像是大天使加百列的翅膀，裤子上的折痕是永久性缝死的。

"你肯定是发疯了。"新埃及的那位消防员说。

"我不想要我的这个样子，"埃利奥特答道，"我想要你们的样子。老天在上，你们是地上的盐。你们，穿成这样的汉子，才是美国的精神。你们是美国步兵的灵魂。"

最后，埃利奥特换光了他衣柜里的所有东西，只剩下燕尾服、小礼服和一身灰色法兰绒正装。他十六英尺见方的衣帽间成了一个压抑的博物馆，里面塞满了工作服、连体服、罗伯特·豪尔成衣店[1]的复活节特价商品，以及野外夹克、艾森豪威尔夹克、套头衫和其他玩意儿。西尔维娅想烧掉这些东西，但埃利奥特对她说："别烧它们，烧我的燕尾服、小礼服和灰色法兰绒正装吧。"

1　美国平价成衣连锁店，成立于1937年，1977年因母公司破产而歇业。

. . .

即便在当时，埃利奥特就已经是个显而易见的病人了，但没人逼着他去治病，证明他精神失常就能获利的念头也没有迷住任何人。在他惹是生非的日子里，诺曼·穆沙里只有十二岁，正忙着拼装塑料飞机模型和手淫，还有用乔·麦卡锡和罗伊·科恩两位参议员的照片装点房间。埃利奥特·罗斯沃特与他的头脑隔着一整个地球呢。

西尔维娅在有钱且有魅力的怪脾气人群中长大，受欧洲的影响太大，因此无法放弃他。而罗斯沃特参议员正深陷于他一生中最重要的政治斗争，努力聚集因德怀特·戴维·艾森豪威尔当选而四分五裂的共和党反动势力。获知他儿子怪异的生活方式后，参议员先生拒绝为此担忧，理由非常简单：这个孩子得到过良好的教育。"他是有能耐的，也是有骨气的，"参议员先生说，"他正在尝试。等他做好了准备，就会幡然醒悟。我们家族从没出现过慢性酗酒者和常年精神病患者，过去没有，以后也不会有。"

说完这些，他走进参议院会场，发表了他关于罗马黄金时代的小有名气的演讲，原文部分摘录如下：

> 我想说一说屋大维皇帝，也就是众所周知的恺撒·奥古斯都。这位伟大的人道主义者——从这个词最深刻的意义上来说，他正是一位人道主义者——在一个堕落的时代

掌握了罗马帝国的权柄，这个时代与我们现在的时代惊人地相似。卖淫、离婚、酗酒、自由主义、同性恋、色情物品、堕胎、贿赂、谋杀、工会敲诈、青少年犯罪、怯懦、无神论、勒索、诽谤和盗窃正流行一时。罗马是歹徒、变态者和懒惰工人的天堂，就像现在的美国。同样像现在的美国，法律和秩序的力量受到暴徒的公然攻击，儿童不服管教，不尊重父母和国家，正派女性在任何一条街道上都不安全，哪怕是在中午的阳光下！而诡计多端、巧取豪夺、用钱开路的外邦人无论在哪儿都过得风光体面。被大城市投机分子踩在脚下的是诚实的农民，是罗马军队和罗马灵魂的脊梁骨。

我们能做什么呢？没错，就像他们有意志薄弱的自由派一样，我们也有满脑子胡话的自由派；他们说的永远是自由派把一个伟大国家推进无法无天、自我放纵、语言混杂的泥潭后会说的那些话："情况从没像现在这么好过！看看我们拥有的一切自由吧！看看我们得到的一切平等吧！看见性伪善是怎么被消灭的了吧？朋友们！以前人们想到强奸和私通就会打心底里感到厌恶。现在这两件事他们都可以去干个痛快了！"

而在这个幸福的年代，那些可怕透顶、灵魂黑暗、不爱玩乐的保守派能说什么呢？唉，这种人已经寥寥无几了。他们活到难堪的老龄，正在纷纷死去。他们的孩子被挑唆得敌视他们。凶手是自由派，是人造阳光和月光的兜售者，是无事生非的政坛娼妇，是爱所有人，包括野蛮人在内的那些家伙。他们爱野蛮人到了难以复加的程度，甚至想打开所有城门，命令士兵统统放下武器，恭请野蛮人来家里做客！

恺撒·奥古斯都在亚克兴大海战中击败安东尼和克里奥帕特拉这一对性爱狂后回到家乡，迎接他的就是这么一个罗马。我认为我就不必重述他在巡视他即将统治的罗马时的内心感受了。请和我一起沉默一分钟，每个人都思考一下他会如何处置今天的这种糜烂状况。

接下来全场确实沉默了一会儿，前后大约三十秒，对部分人来说却像是一千年。

恺撒·奥古斯都动用了什么手段来整治他这个凌乱失序的家园呢？他做了我们常常被告诫绝对、永远不能做的事情，我们被告诫绝对、永远不可能成功的事情：他把道德写进法律，然后用一支残暴和严肃的执法力量来执行这些难以施行的法律。他规定，罗马人言行如猪是违反法律的。你们听清楚了吗？那是违反法律的！罗马人若是被逮住言行如猪，就会被捆住大拇指吊起来，被投入水井或喂狮子，让他们得到一些切身的体验，使他们产生想要活得比以前更体面、更可靠的欲望。有没有奏效呢？你们可以赌上自己的靴子，他做到了！猪猡奇迹般地消失了！这场在现在看来不可理喻的大镇压过后，我们把接下来的那个时代称为什么呢？朋友们和邻居们，那正是所谓的"罗马的黄金时代"。

. . .

我是不是在提议我们效仿这个骇人听闻的榜样呢？没错，我就是这个意思。没有哪一天我没有用这样或那样的方式说："咱们来强迫美国人活得像他们应该的那样正派吧。"我是不是赞同把工会那帮骗子送去喂狮子呢？好吧，有些人想象我浑身长满了原始动物的鳞片，那就让我允许他们从这样的想象中得到一丁点儿快乐吧，请允许我说："是的，一定要。要是来得及，今天下午就送去好了。"为了让批判我的人失望一下，我不得不补充一句：我只是在开玩笑。残忍和异常的惩罚并不会让我感到兴奋，一点儿也不。使我着迷的是一个事实：既然胡萝卜加大棒就能驱使驴子，那么太空时代的发明在这个人类世界总该找到一些用途吧。

如此等等。参议员先生说胡萝卜加大棒的思想已经融入自由企业制度，一如开国元勋最初的设想。但有些不切实际的社会改革主义者认为人们不该为了任何事物去奋斗，他们把这套制度的逻辑歪曲得面目全非。

他在总结陈词中说：

> 我看见摆在我们面前的有两条路。我们可以把道德写进法律，强迫施行这些道德戒律；我们也可以回归真正的自由企业制度，那是恺撒·奥古斯都所推行的不想被淹死就必须学会游泳的朴素正义。我个人强烈赞成后一条路。我们必须严酷无情，因为我们必须重新变成一个善泳者的国度，让宁可被淹死的人静悄悄地自生自灭。我提到过古代史上的另一个严苛时期。万一诸位已经忘记了它的名字，请让我再帮你们回忆一下"罗马的黄金时代"，朋友们和邻居们，"罗马的黄金时代"。

说到朋友，他们应该在埃利奥特麻烦缠身的那段时间里帮他渡过难关，可惜他已经没有朋友了。他对富有的朋友说他们拥有的一切都来自不长眼睛的好运气，于是他们离他而去。他对艺术家朋友说："谁会正眼瞅一下你们的作品呢？无非是有钱人的跟屁虫，除了锻炼身体就无事可做。"他问他的学术界朋友："谁有时间读你们写的那些无聊垃圾，听你们说的那些无聊屁话呢？"他用夸张的言语感谢科学界的朋友，因为他最近在报刊上读到了一些什么科学进展。他一本正经地板着脸向他们保证，正是由于科学思维，生活才变得越来越美好，结果连他们都疏远了他。

. . .

然后，埃利奥特走进了精神研究中心的大门。他发誓戒酒，重新对仪表产生了自豪感，对艺术和科学表现出了热情，赢回了许多朋友的心。

西尔维娅从没这么开心过。但是，就在心理治疗开始后的一年左右，精神分析师的一个电话震惊了她。他想要放弃这个病例，因为从他严谨的维也纳学派的观点看来，埃利奥特是无药可救的。

"但你已经治好了他呀！"

"亲爱的夫人，假如我是个洛杉矶的庸医，那么我一定会假装谦逊地表示赞同。但是，我并不是一个江湖郎中。你丈夫患有我治疗过的全世界最顽固的神经官能症。这种神经官能症的本质是我无从想象的。在这一年的艰苦工作中，我甚至都没能给它的护甲留下一道划痕。"

"但他每次从你的诊所回来都显得那么快乐！"

"你知道我们都谈些什么吗？"

"我觉得我还是不问为好。"

"美国历史！我们说的是个病得非常厉害的人，别的不说，就说他杀死了自己的母亲，还有个可怕的暴君父亲。但每次我请他打开思路，想到什么就说什么，你猜他谈的都是什么？美国历史。"

埃利奥特杀死了他挚爱的母亲的这个表述，从某种本真的角度上说是准确的。那年他十九岁，拉着母亲去科士伊港驾帆船游玩。在他抢风转帆的时候，下桁猛地一下把他母亲打下了船。尤妮斯·摩根·罗斯沃特像块石头似的沉了下去。

"我问他都做过什么梦，"医生继续道，"他说'萨缪尔·冈珀斯、马克·吐温和亚历山大·汉密尔顿'。我问他父亲有没有在他的梦里出现过，他说'没有，但索斯滕·维布伦倒是经常见到'。罗斯沃特夫人，我被打败了。我放弃。"

· · ·

医生的退却似乎只是让埃利奥特感到很好玩。"我被治愈了，但他无法理解，因此他拒绝承认这是一种治愈。"他轻快地说。

那天晚上，他和西尔维娅去大都会歌剧院欣赏新编歌剧《阿依达》的首演。罗斯沃特基金会为这出戏赞助了服装。埃利奥特看上去容光焕发，高大的身躯穿着燕尾服，友善的大脸红通通的，蓝眼睛闪烁着精神健全的光芒。

一切都非常好，直到歌剧的最后一幕，男主角和女主角被关进不透气的地牢，让他们窒息而死。就在这一对行将死去的苦命鸳鸯深吸一口气时，埃利奥特大声喊道："你们别唱歌了，这样可以多熬一会儿。"埃利奥特站起来，从包厢里探出身子，对演员说："也许你们不懂氧气，但我懂。请相信我，你们真的不能唱歌了。"

埃利奥特变得脸色苍白，表情茫然。西尔维娅扯了扯他的袖子。他不明所以地望向妻子，然后听凭她拽着他离开，就好像她手里抓的是个玩具气球。

3

诺曼·穆沙里得知,《阿依达》演出的那天夜里,回家的出租车刚开到四十二街和第五大道路口,埃利奥特就跳下车,再次失踪了。

十天后,西尔维娅收到一封信,信写在一张加利福尼亚州艾尔西诺[1]的志愿消防队的信纸上。这地方的名字诱发他对自己产生了一系列全新的想象,以至于认为自己和莎士比亚笔下的哈姆雷特有着巨大的相似之处。

> 亲爱的奥菲利亚:
>
> 艾尔西诺和我想象中的不一样,也可能世上的艾尔西诺不止这一个,而我来错了地方。他们的高中橄榄球队自

1　《哈姆雷特》故事的发生地,即丹麦的赫尔辛格,旧称"艾尔西诺"。

称"战斗的丹麦佬"。不过周围的城镇都叫他们"忧郁的丹麦佬"。过去三年里，他们只赢过一场比赛，平了两场，但输了二十四场。我猜这就是哈姆雷特上场打四分卫的结果吧。

在我跳下出租车之前，你对我说的最后一句话是"咱们离婚算了"。我没有认识到你的生活已经变得这么不愉快了。但我确实认识到了一点，那就是我对事物的认识非常迟钝。我到今天还难以认识到自己是个酒鬼，尽管陌生人看一眼就会知道。

我认为我和哈姆雷特有着共同之处，那就是肩负着重要的使命，只是一时间我搞不清楚该怎么完成它。也许我这么想是在给自己脸上贴金。与我相比，哈姆雷特有个巨大的优势。他父亲的鬼魂会一五一十地告诉他应该怎么做，我却得不到任何指点，只能自行其是。然而，某个地方的某种事物正在尝试联络我，告诉我该去什么地方，去了那儿该做什么，还有为什么要那么做。别担心，我没有幻听。但我确实有一种感觉，那就是我有我的宿命，它远离了那些浅薄而荒谬的装腔作势，具体而言就是我们在纽约的生活。于是我在漫游。

于是我在漫游。

读到埃利奥特说自己没有幻听，年轻的穆沙里非常失望。但这封信确实以一段无疑是疯得厉害的文字结束。埃利奥特描述了艾尔西诺的消防用具，就好像西尔维娅会对这种细节有多大兴趣似的。

> 他们把消防车漆上橙色与黑色的条纹，看上去就像老虎。非常惊人！他们在水里加洗洁精，这样水会直接浸透墙板，到达着火的位置。这么做当然有一万个理由，只要不会损伤水泵和水喉就行。
>
> 他们很久没用过它们了，因此也不是真的确定。我对他们说，他们应该写信给水泵制造商，给他们讲讲这儿的做法。他们说他们一定会的。他们以为我是从东海岸来的什么了不起的志愿消防员。他们都是最棒的好汉。他们不像成天来敲罗斯沃特基金会大门的那些废物点心和舞蹈高手，他们更像我在战争中认识的那些美国人。
>
> 要有耐心，奥菲利亚。
>
> 爱你的，
> 哈姆雷特

离开艾尔西诺，埃利奥特来到得克萨斯州的瓦什蒂，很快就被捕了。他晃着膀子走进瓦什蒂消防站，浑身尘土，很久没刮过胡子了。他和几个闲汉搭话，说什么政府应该平均分配这个国家的财富，而不是允许某些人拥有他们不可能用完的家产，其他人却什么都没有。

他滔滔不绝地说下去，说的都是诸如此类的话："你们知道吗？我认为陆军、海军和海军陆战队之存在的首要目标就是让穷苦的美国人穿上熨烫齐整、没有补丁的干净衣服，这样有钱的美国人就能忍受看见他们了。"他还提到了一场革命。他认为大约二十年内很可能会发生一场革命，他认为那会是一场正义的革命，唯一的前提是革命的领导者来自步兵退役军人和志愿消防员。

他被当作可疑人物扔进拘留所。他们和他玩了一系列神秘莫测的问答游戏，然后放他滚蛋。他们逼他发誓再也不会来瓦什蒂了。

又过了一周，他在艾奥瓦州的新维也纳现身。他又用当地消防站的信纸给西尔维娅写了一封信。他称西尔维娅为"全世界最有耐心的女人"，说她漫长的守候即将结束。

他写道：

　　我现在知道我必须去哪儿了。我要以我最快的速度奔赴那里。我会从那儿打电话给你！也许我会永远待在那里。我现在还不知道等我到了那儿必须做些什么，但我肯定我一定会知道的。遮住我眼睛的乌云正在散开！

　　顺便提一句，我对本地的消防队员说，他们不妨也试试看在水里加洗洁精，但在动手之前应该先写信给水泵制造商问问情况。他们喜欢这个点子。他们会在下次开会的时候讨论这个议题。我连续十六个小时连一滴酒都没沾过了！我一点儿也不想念那种毒药！干杯！

西尔维娅收到信后，立刻在电话上加装了录音设备。对诺曼·穆沙里来说，这又是一个天大的好消息。西尔维娅这么做是因为她认为埃利奥特真是疯得无可救药了。等他打电话来，她想录下每一条线索，借此搞清楚他的下落和状态，方便她去接他回家。

电话如约打来。

"奥菲利亚？"

"天哪，埃利奥特，埃利奥特——亲爱的，你在哪儿？"

"在美国——拓荒先驱的老朽子孙之间。"

"但到底是哪儿？是哪儿呢？"

"在哪儿都有可能——这是个铝合金和玻璃的电话亭，有可能在单调狭小的美国的任何一个地方，我面前的架子上散放着一把美国硬币，有五分的，有一毛的，也有两毛五的。有人在灰色的小架子上用圆珠笔写了一句话。"

"一句什么话？"

"'茜拉·泰勒爱舔……'，我相信这是真的。"

埃利奥特那头响起了一声傲慢的鸣叫。"该死！"埃利奥特说，"一辆灰狗巴士在长途车站外气势汹汹地吹响了它的罗马号角，车站同时也是一家糖果店。看哪！一个年迈的美国人响应呼号，步履蹒跚地走了出来。没人为他送行，他也没有扫视街道，寻找来为他送行的人。他拎着一个用麻绳扎着的牛皮纸包。他要去某个地方，毫无疑问是去送死。

"他正要离开他这辈子唯一了解的小镇，告别他唯一熟悉的生活。但他还没打算和他的宇宙说再见呢。他的整个存在都在竭力不去惹怒全知全能的大巴司机，而司机坐在蓝色皮革的宝座上怒气冲冲地俯视他。哇呀！真惨！美国老人总算把整个身子拽上了车，但这会儿他找不到车票了。他终于找到了，可惜太迟了，来不及了。司机满腔怒火。他摔上车门，恶狠狠地咣当一声拉开排挡，发动引擎，对着一位过街的美国老妇猛按喇叭，震得车窗玻璃哗哗响。仇恨，仇恨，仇恨。"

"埃利奥特，你那儿有河吗？"

"我的电话亭就在一条露天阴沟的宽阔河谷里，这条阴沟名叫俄亥俄河。往南三十英里是俄亥俄州。拓荒先锋的子孙的垃圾把鲤鱼喂得比核潜艇还肥。河对岸是曾经苍翠的肯塔基山丘，丹尼尔·布恩[1]的应许之地，现在因为开采露天煤矿而被挖得遍地沟壑，其中有几个煤矿属于一家慈善与文化基金会，而捐赠者是个非常有意思的美国豪门，这个古老的家族姓罗斯沃特。

"在河对岸，罗斯沃特基金会的地产还算比较分散。但在河的这一侧，这个电话亭的四周，无论你往哪个方向走十五英里左右，所有土地都归基金会所有。不过基金会网开一面，没去碰蒸蒸日上的地龙[2]养殖事业。每户人家门前都挂着'地龙出售'的牌子。

1　丹尼尔·布恩（1734—1820），美国开拓者、民间传奇主角和肯塔基州殖民运动的中心人物。

2　原文为"night-crawler"，是蚯蚓的俗称。

"除了养猪和蚯蚓，当地的主要产业是制造锯子。制锯厂当然归基金会所有。由于制锯厂对当地极为重要，因此诺亚·罗斯沃特纪念高中的体育队就叫'战斗的制锯工'。不过事实上，这儿已经没多少制锯工人了。制锯厂现在几乎完全是自动化的，只要你会玩弹珠机，就能管理这家工厂，每天生产一万两千把锯子。

"有个年轻人，他是一名'战斗的制锯工'，今年十八岁，此刻正无忧无虑地走过我的电话亭，他身穿神圣的蓝白两色队服。他看上去很危险，其实连蚂蚁都不忍心踩死。他在学校里学得最好的两个科目是《公民》和《当代美国民主的问题》，代课老师都是他的篮球队教练。他很清楚每次他诉诸暴力，不但会削弱共和党的根基，而且会毁灭他自己的人生。他在罗斯沃特县找不到工作。无论他去哪儿，能找到的工作都屈指可数。他口袋里总是揣着避孕用品，许多人对此感到警惕和厌恶。但也正是这些人，对他父亲不使用避孕用品也感到警惕和厌恶。他只是又一个被战后大繁荣娇惯坏了的孩子，又一个眼睛瞪得像醋栗的小皇帝。这会儿他正在和女朋友见面，这个姑娘顶多十四岁，一个五毛钱商店打扮出来的克里奥帕特拉，写作'姑娘'，读作'荡妇'。

"街对面就是消防站——四辆消防车、三个醉汉、十六条狗和一个清醒快活的年轻人，他拎着一罐金属抛光剂。"

"天哪，埃利奥特，埃利奥特——回家吧，请回家吧。"

"你还不明白吗，西尔维娅？我已经到家了。我现在知道了，这儿一直就是我的家——印第安纳州，罗斯沃特县，罗斯沃特区，罗斯沃特镇。"

. . .

"埃利奥特，你打算在那儿干什么呢？"

"我要照顾这些人。"

"那——那也很好。"西尔维娅凄凉地说。这是个脸色苍白的优雅姑娘，教养良好，身体纤弱。她会弹大提琴，能迷人地说六种语言。她在童年和青春期在父母家中见过她那个时代的许多伟人，包括毕加索、施韦策、海明威、托斯卡尼尼、丘吉尔和戴高乐。她从没去过罗斯沃特县，不知地龙为何物，不知道土地竟然有可能平坦到这个地步，更不知道人类竟然有可能愚鲁到如此程度。

"我看着这些人，这些美国人，"埃利奥特继续道，"我认识到他们甚至不再能照顾自己了，因为他们没有任何用处。这家工厂、这些农田，以及河对岸的那些矿井，它们现在几乎完全是自动化的了。而美国甚至不需要这些人上战场——不再需要了。西尔维娅——我要成为一名艺术家。"

"艺术家？"

"我要去爱这些被抛弃的美国人，尽管他们毫无用处，也没有吸引力。这将成为我的艺术作品。"

4

埃利奥特准备用爱和理解来绘制作品的画布名叫罗斯沃特县，这是一块长方形的土地，其他人（主要就是罗斯沃特家族的其他成员）已经在上面画过了一些大胆的图案。埃利奥特的先辈们想将其做成类似蒙德里安作品的效果。一半道路东西走向，另一半南北走向。一条十四英里长的死水运河把本县均匀地分成两半，起点和终点都在县界上。这是埃利奥特的曾祖父对现实做出的一丁点儿改变，他幻想过发行股票和债券，筹资修建一条运河，把芝加哥、印第安纳波利斯、罗斯沃特县和俄亥俄河连在一起。运河里现在生活着鲇鱼、莓鲈鱼、红眼鱼、蓝鳃鱼和鲤鱼。有些人对捕捞这些鱼感兴趣，地龙就是卖给他们的。

许多地龙商贩的祖辈正是罗斯沃特州际运河航运公司的股票和债券持有者。计划彻底失败后，他们中的一些人失去了自己的农田，而收购者正是诺亚·罗斯沃特。县东北角有过一个名叫"新安布罗西亚"的乌托邦公社，他们将所有财产都压在了运河上，结果输了个干净。他们是德国人和无神论者，奉行群婚制，推崇绝对诚实、绝对纯洁和绝对的爱。他们后来随风而散，就像曾经代表他们在运河中所占股权的那些一文不值的废纸。没人对他们的离去感到惋惜。直到埃利奥特的时代，他们对本县的贡献就只剩下了一家酿酒厂，如今是罗斯沃特金标安布罗西亚啤酒的生产地。每一瓶啤酒的瓶标上都有一幅画，那是新安布罗西亚人想要建设的地上天国的景象。这座梦中之城中有许多尖塔，塔顶是避雷针。天空中满是小天使。

· · ·

罗斯沃特镇位于本县的正中心。本镇的正中心是一座帕特农神庙，神庙用结实的红砖垒砌，罗马柱之类的东西一应俱全。屋顶的铜皮已经锈成绿色。运河从中穿过，在熙熙攘攘的往日，纽约中央铁路、蒙农铁路和镍板铁路[1]也经过此处。到了埃利奥特和西尔维娅在本镇定居的时候，还剩下的就只有运河和蒙农铁路的轨道了，而蒙农公司早就破产，轨道锈成了棕褐色。

帕特农神庙的西面是古老的罗斯沃特制锯厂，同样是红砖建

1　蒙农铁路是芝加哥、印第安纳波利斯与路易斯维尔铁路的别称，镍板铁路是纽约、芝加哥与圣路易斯铁路的别称。

筑，同样是锈成绿色的屋顶。屋顶的脊柱折断了，窗户缺了玻璃。这里是家燕和蝙蝠的新安布罗西亚。塔楼四面的大钟没了指针。鸟巢塞满了它的黄铜大汽笛。

帕特农神庙的东面是县政府大楼，同样是红砖建筑，同样是锈成绿色的屋顶。塔楼和旧制锯厂的塔楼完全一样。四面大钟有三面的指针还在，但已经不走了。一家私营企业不知怎的在这座公共建筑的地下室里长了出来，就像一颗蛀牙根部的脓肿。这家企业挂着一个小小的红色霓虹灯招牌：贝拉美容厅。贝拉体重三百一十四磅。

政府大楼东面是萨缪尔·罗斯沃特退伍军人纪念公园。公园有旗杆和英烈碑。英烈碑是一块四乘八英尺的外墙用三合板，漆成黑色。它挂在铁管上，顶上有个仅两英寸宽的三角形顶篷。英烈榜上刻着罗斯沃特县为国捐躯的所有勇士的名字。

· · ·

除了这些，全县唯一的砖石建筑就是罗斯沃特宅邸及其附带的车库，它坐落于公园东头的一块人造台地上。环绕宅邸的是铁刺围栏和诺亚·罗斯沃特纪念高中——"战斗的制锯工"的母校，在南面与公园相接。公园背面是旧罗斯沃特歌剧院，这是一座极易着火的木质框架建筑，形如婚礼蛋糕，现已翻建为消防站。此外还有的就是小破房、棚屋、酗酒、愚昧、智障和性变态了，因为罗斯沃特县任何一个健康、有事业和有智慧的人都会对县政府所在地避之不及。

新建的罗斯沃特制锯厂坐落于罗斯沃特县和新安布罗西亚之间的一片玉米地，从头到脚都是黄砖，连一扇窗户都没有。为它服务的不但有纽约中央铁路新铺设的一条闪闪发亮的支线，还有一条忙得热火朝天的双车道公路，这条公路与县政府所在地错开了十一公里。工厂不远处是罗斯沃特汽车旅馆和罗斯沃特保龄球场，还有带升降机的巨大谷仓和家畜的临时畜栏，这里是罗斯沃特各个农场的产品发运点。少数高薪聘用的农业专家、工程师、酿酒师、会计和行政人员从事必须由人类完成的工作，他们住在围成防守阵型的一圈农场式豪宅里，这个社区位于新安布罗西亚附近另一块玉米地中，毫无理由地起名叫"埃文代尔"。这些豪宅都建有点煤气灯的露台，框架和地坪的木料来自昔日镍板铁路的枕木。

· · ·

对于埃文代尔那些清白的住户来说，埃利奥特就像他们的立宪君主。他们是罗斯沃特企业的职员，他们管理的产业都属于罗斯沃特基金会。埃利奥特不能差遣他们做这做那，但他无疑就是他们的国王，埃文代尔人对此心知肚明。

于是乎，埃利奥特国王和西尔维娅王后在罗斯沃特宅邸安顿下来之后，埃文代尔人投来的各种玩意儿像雨点似的落在他们头上，邀请函、名帖、马屁信和问候电话一样不少。但它们全都碰了壁。埃利奥特要西尔维娅在接待显赫的访客时必须带着肤浅而心不在焉的诚恳气度。埃文代尔的女性在离开宅邸时一个个都步伐僵硬，正如埃利奥特兴高采烈地指出的那样，就像是屁眼里塞了一根酸黄瓜。

. . .

说来有趣，埃文代尔那些热衷于攀登社交阶梯的专才竟然能够容忍这么一套理论：罗斯沃特家族的人之所以故意怠慢他们，是因为罗斯沃特家族的人觉得自己比他们优越。他们甚至在一再探讨这套理论的时候对它产生了欣赏之情。他们渴求得到上流社会势利行为的权威教育，而埃利奥特和西尔维娅似乎正在给他们上课。

然而没过多久，国王和王后却从罗斯沃特县国民银行的阴森保险库里取出了罗斯沃特家族的水晶和金银器物，举办奢侈的宴会，招待低能儿、性变态者、挨饿和失业的穷鬼。

他们接待这些无论按什么标准看都生不如死的家伙，不知疲倦地聆听他们稀奇古怪的恐惧和梦想，给他们爱和微不足道的少量金钱。他们唯一没有被怜悯心玷污的社交生活，就是和罗斯沃特志愿消防队的交往。埃利奥特很快晋升为消防队的副队长，西尔维娅则当选为妇女志愿服务队的主席。尽管西尔维娅在此之前从没碰过保龄球，但也当上了志愿服务队保龄球队的队长。

埃文代尔人对君主的巴结与崇敬变成了怀疑和轻蔑，继而变成野蛮的发泄。兽行、酗酒、通奸和妄自尊大的行为数量全都急剧上升。埃文代尔人在谈到国王与王后时，嗓音中都带上了手锯切割镀锌铁皮的刺耳音调，就好像他们刚刚推翻了一名暴君。埃文代尔不再是正在向上爬的年轻管理人员的聚居地了。此处的居民变成了真正的生机勃勃的统治阶级。

五年后，西尔维娅在一次精神崩溃中纵火烧毁了消防站。埃文代尔的共和分子对罗斯沃特家族的保皇党已经发展到了施虐狂的地步，他们为此放声大笑。

. . .

埃利奥特和消防队长查理·沃默尔格兰把西尔维娅送进了印第安纳波利斯的一家私人精神病院。他们是开着队长的车送她去的，那是一辆红色的亨利·J轿车，顶上装有警灯。他们把她交给了艾德·布朗医生，这位年轻的精神病学家后来因为描述她的病情而获得了名声。他在论文中将埃利奥特和西尔维娅称为"Z先生与Z夫人"，称罗斯沃特镇为"美国老家镇"。他为西尔维娅的疾病创造了一个新词：撒玛利亚过度症。按照他的说法，这个词的意思是"对远不如自己幸运的人的苦难的歇斯底里式淡漠"。

. . .

　　诺曼·穆沙里正在读布朗医生的专论，它同样收在麦卡利斯特－罗伯延特－里德与麦吉律师事务所的机密档案里。他棕色的眼睛潮湿而温柔，逼迫他像观察世界似的盯着这些纸页——就好像他的眼睛前面挡着一夸脱[1]的橄榄油。

　　他读道：

　　　撒玛利亚过度症是心智的其余部分对过度活跃的良知的压制。简而言之，就是良知在对其他精神活动尖叫："你们必须全都听我的号令！"其他精神活动试着这么做了一段时间，发现良知并不满意，依然在叫个不停，它们还发现尽管良知命令它们做出了各种无私举动，但外部世界的情况并没有出现哪怕一丝一毫的改善。

　　　它们最终造反了。它们把良知这个暴君扔进地牢，焊死那个幽深地洞的出入口盖子。它们再也听不见良知的叫喊声了。在这甘美的寂静中，精神活动诸君开始寻找一位新领袖，而每次只要良知受到禁锢，以最快速度跳出来的就是这位领袖：不为偏见所动的自私自利。没错，它又出现了。不为偏见所动的自私自利给它们一面旗帜，它们见

1　英语quart的音译。英、美计量体积的单位。

了就欣喜若狂。这面旗帜事实上就是黑白双色的海盗旗，骷髅头和交叉腿骨底下写着一行字："去你的，杰克，老子只管我自己！"

在我看来——布朗博士写道，而诺曼·穆沙里读得口水都淌出来了——让Z夫人吵闹的良知重获自由是不明智的。但另一方面，在她像伊尔斯·科赫[1]那样毫无心肝的时候，放她出院也不可能使我感到满意。因此，我将我的治疗目标定为：一方面继续囚禁她的良知，另一方面把地牢的盖子稍微掀开一条缝，让外界能勉强听见一丝囚徒的号叫声。通过化学疗法和电击治疗的反复试错，我实现了这个目标。但我并不为此感到自豪，因为我把一位有深度的女性变得浅薄，从而让她恢复平静。我堵死了使她连通大西洋、太平洋和印度洋的地下暗河，让她满足于只当一个三英尺见方、四英寸深的戏水池，经过氯气处理，池底涂成蓝色。

了不起的医生！
了不起的治疗！

1　穷凶极恶的纳粹女战犯。

．．．

另外，为了确定允许Z夫人感受到多少负罪感和怜悯心是安全的，医生还不得不选择一些典型人物！这些典型人物必须是以正常而著称的一般人。在对当时当地何谓正常做了令人不安的深入调研之后，治疗者只能得出这样的结论：身处一个繁荣的工业化社会的上层，一个正常人若是能够正常行使职责，就几乎无法听见他良知的呼声。

据此，懂逻辑的人也许会断定，我声称自己发现了一种名叫撒玛利亚过度症的疾病是犯下了废话连篇的罪行。因为对于健康的美国人来说，它就像鼻子一样人人都有。请允许我这样为自己辩护：撒玛利亚过度症仅仅在侵袭部分极度富有者的时候才是一种疾病，而且是一种烈性疾病，病患尽管在生理上已经成熟，但依然爱着他们的同类，并且想要帮助他们。

我只治疗过这一个病例，也没听说过别的医生治疗过其他病例。我在这个病例周围寻找了一圈之后，只发现了另一个人有可能因为撒玛利亚过度症而崩溃。这个人当然就是Z先生了。我认为他深陷于怜悯和同情之中，病症一旦发作，在我们有可能治疗他之前，他不是会杀死自己，就是会杀死上百人，然后像疯狗似的被打死。

   · · ·

治疗，治疗，治疗。

治他妈的疗！

Z夫人在健康中心接受治疗，痊愈后表达了一个愿望：在她的美貌消失前，"……出去换个生活方式，找点乐子，好好享受"。她的容貌依然美得惊人，掌心的爱情线一眼看不到尽头，尽管她已经不配得到真爱了。

她不再想和罗斯沃特镇或Z先生扯上任何关系，宣称她要去享受巴黎的繁华，重新投入她快活的老朋友们的怀抱。她说她想买新衣服，想没完没了地跳舞，直到晕倒在一个高大黝黑的陌生人的怀抱里，假如他是个双重间谍就再好不过了。

提到她的丈夫的时候，她时常称之为"我在南方的邋遢酗酒叔叔"，还好没有当着他的面这么说过。她不是精神分裂症患者，但每次她丈夫去探望她时——他一周要去探望她三次呢——她就会表现出妄想狂的一切娇美病态。克拉拉·鲍[1]的幽灵啊！她会揪他的面颊，哄他，亲吻他，又咯咯笑着躲开他的嘴唇。她对他说，她想去巴黎待几天，探望她亲爱的家人，没等他觉察到她就会回来。

1　美国好莱坞女星、性感偶像，1949年被诊断为精神分裂症。

她要他和她道别，替她问候她在罗斯沃特镇社会地位低下的所有亲爱的朋友。

Z先生没有上当。他去印第安纳波利斯机场送她飞往巴黎，看着飞机变成天空中的一个黑点，他对我说他再也不会见到她了。"她看上去无疑很愉快，"他对我说，"等她回到巴黎，享受她应得的那种陪伴，无疑会过得很开心的。"

他在一句话里用了两次"无疑"，听上去很刺耳。我凭本能知道他还会用它来折磨我。他果然这么做了。"很多功劳，"他说，"无疑应该归在你的头上。"

· · ·

这位女士的父母（不难理解他们对Z先生的厌恶）告诉我，他经常写信和打电话给她。她从不拆他的信。她也不肯接他的电话。他们满意地得出结论——也正如Z先生所希望的——她无疑过得很愉快。

预告：下一次崩溃是迟早的事。

· · ·

至于Z先生，他肯定也有病，因为他无疑和我认识的所有人都不一样。他不愿离开老家镇，顶多只做极短的短途旅行，最远只到印第安纳波利斯，再多走一步都不肯了。我猜他无法离开老家镇。为什么呢？

完全反科学的结论：那里就是他的宿命终点；经过这么一个病例，科学对治疗师来说已经变得令人作呕。

这位优秀医生的预后是正确的。西尔维娅成了乘喷气机环球旅行的常客，受人欢迎，拥有影响力，学会了扭扭舞的许多变种。她得到了罗斯沃特女伯爵的名号。许多男人向她求婚，但她过得太快活了，懒得去考虑结婚或离婚。然后，1964年7月，她再次崩溃。

她在瑞士接受治疗，六个月后出院时变得沉默而郁郁寡欢，恢复了那种令人几乎难以承受的深沉。埃利奥特和罗斯沃特县的可怜人再次在她的良知中占据了地位。她想回到他们身边，不是出于向往，而是一种责任感。她的医生警告她，回去的结果也许会是致命的。他劝她留在欧洲，和埃利奥特离婚，为自己营造平静而有意义的生活。

非常文明的离婚诉讼流程就这么拉开了帷幕，舞台监督正是麦卡利斯特－罗伯延特－里德与麦吉律师事务所。

· · ·

现在该西尔维娅飞往美国办理离婚手续了。6月的一天傍晚，华盛顿特区，一场会议在埃利奥特之父利斯特·埃姆斯·罗斯沃特参议员的住处召开。埃利奥特没有出席，他不肯离开罗斯沃特县。出席者有参议员、西尔维娅、年迈的律师瑟蒙德·麦卡利斯特和他警觉的年轻助手穆沙里。

. . .

会议的气氛严肃、感伤而宽容，偶尔欢闹，但总体基调是悲剧性的。桌上摆着白兰地。

"在埃利奥特心中，"参议员转动着手里的窄口杯，"他并不比我更爱那些污糟的人。他要不是成天喝得烂醉，无论如何都不可能爱他们。这话我以前说过，现在我再说一遍：从根本上说，他的问题是酗酒。只要埃利奥特能戒酒，他对在人类垃圾桶最底下的黏液里蠕动的蛆虫的同情心就会消散。"

他的双手拍在一起，他摇了摇苍老的脑袋："你们要是有孩子就好了！"他是圣保罗中学和哈佛大学的产物，但就是喜欢用罗斯沃特县猪倌劈弦班卓琴似的土腔说话。他一把摘掉钢架眼镜，饱受折磨的蓝眼睛望着他的儿媳："那就好了！就好了啊！"他重新戴上，听天由命地摊摊手。这双手像龟壳似的遍布老人斑："罗斯沃特家族的末日就在眼前了。"

"罗斯沃特家族还有其他人呢。"麦卡利斯特温和地提醒他。

穆沙里不安地动了动，因为他打算在不久后代表那些其他人。

"我说的是真正的罗斯沃特家族！"参议员愤懑地叫道，"去他的匹斯昆特伊特！"匹斯昆特伊特在罗德岛州，是个海滨疗养胜地，家族的另一个分支就居住在那儿。

"秃鹫的盛宴，秃鹫的盛宴啊！"参议员呻吟道，在受虐狂的幻想中痛苦地蠕动，他想象着罗德岛罗斯沃特如何啃食印第安纳罗斯沃特的骸骨。他吭哧吭哧地咳嗽起来。咳嗽让他觉得不好意思。他和他儿子一样烟不离手。

他走到壁炉架前，望着摆在上面的埃利奥特的彩色照片。照片拍摄于二战结束时，上面是个勋章满胸的步兵上尉。"多么正直，多么高大，多么坚定——多么正直，多么正直啊！"他的陶瓷假牙咬得咯咯响，"一个多么高贵的灵魂，现在却被打倒了！"

他挠了挠身子，尽管并不觉得痒："最近他看上去多么浮肿和苍白啊。大黄馅饼都比他的脸色更健康！穿着内衣睡觉，用薯片平衡南方安逸酒和罗斯沃特金标安布罗西亚啤酒。"他用指甲嗒嗒地敲打着那张照片："他！看看他！埃利奥特·罗斯沃特上尉——获得银星勋章、铜星勋章、士兵奖章和加橡树叶的紫心勋章！赛艇冠军！滑雪冠军！他！看看他！我的上帝——生活对他说过多少次'好，好，太好了'啊！百万美元计的家财，成百上千的显赫朋友，你能想象的最美丽、最聪明、最有天赋、最可爱的妻子！绝好的高等教育，优雅的头脑，装在一个壮硕、正直的身体里——生活对他只有'好，好，太好了'，而他是怎么回答的呢？

"'不，不，我不要。'

"为什么？谁能告诉我为什么？"

没人开口。

. . .

"我有过一个堂妹——说起来，她来自洛克菲勒家族，"参议员先生说，"她向我坦白，说她从十五岁到十七岁，除了'不，谢谢你'就没说过其他话。对于她那个年龄和社会地位的年轻女性来说，这个表现相当得体。但换成洛克菲勒家族的一名男性，这就是个不受欢迎的该死的习性；要是允许我这么说的话，对罗斯沃特家族的一名男性来说，就更加不合适了。"

他耸耸肩："话虽这么说，但现在摆在我们面前的就是这么一个罗斯沃特家族的男人，他对生活愿意给他的一切美好事物都说'不'。他甚至都不住在家族宅邸里了。"自从确定西尔维娅不会回到他身边之后，埃利奥特就搬出宅邸，住进了一间办公室。

"他挑挑眉毛就能当上印第安纳州的州长，要是再愿意流几滴汗，甚至可以当上美国总统。但现在他是什么？我问你们，他是个什么人？"

参议员先生又咳嗽起来，然后回答了自己提出的问题："一个公证人，朋友们和邻居们，一个任期即将结束的公证人。"

· · ·

　　他完全没说错。埃利奥特繁忙的办公室里，发霉的人造纤维板墙壁上，只挂着一份官方颁布的文件，那就是公证人的委任状。因此，在带着各自烦恼来找他的诸多百姓中，除了来办理许多无比庞杂的事务，有不少人就是来找一个人见证他们签字的。

　　埃利奥特的办公室设在主大街上，往西南走一个街区就是砖砌的帕特农神庙，马路对面是新建的消防站，出资方自然是罗斯沃特基金会。他的办公室是个打通的阁楼，底下横跨一家餐馆和一家酒铺。办公室只有两扇窗户，都是犬舍式的老虎窗。一扇窗户外的牌子上写着"吃饭"。另一扇窗户外的牌子上写着"啤酒"。两个牌子里都有电灯，另外加装了一闪一闪的彩灯。当埃利奥特的父亲在华盛顿慷慨激昂地高喊"他！看看他！"的时候，埃利奥特正睡得像个婴儿，而广告牌在愉快地一亮一灭。

　　埃利奥特的嘴巴噘得就像丘比特的小号，喃喃说着什么甜蜜的梦话，他翻个身，继续打呼噜。他是个长了肥膘的运动健将，块头硕大，身高六英尺三英寸，体重两百三十磅，脸色苍白，前后左右的头发都掉光了，只剩下顶上一撮稀疏的细毛。他裹着一件战时剩余的长内衣，皱得像是大象身上的褶子。他的两扇窗户和临街正门上都用金字写着：

　　罗斯沃特基金会
　　我们能如何帮助您？

5

埃利奥特睡得香甜，尽管他的麻烦堆积如山。

他的噩梦似乎全丢给了办公室的马桶，它在肮脏的小卫生间里叹息、啜泣、咕噜咕噜呛水，惨叫着它快被淹死了。罐头食品、税务表格和国家地理杂志堆在马桶水箱上。一个碗和一个调羹泡在一洗脸池的冷水里。洗脸池上方的药柜敞开着，里面塞满了维生素、头疼药、痔疮膏、缓泻剂和镇静剂。这些都是埃利奥特经常要用的药，但使用它们的不止他一个人。来找他的那些人，只要有点什么不舒服，都可以自行取用。

对这些人来说，爱和理解还有一点儿小钱是不够的。除此之外，他们还要吃药。

文件堆得到处都是——税务局的表格、退伍军人管理处的表格、养老金的表格、救济金的表格、社会保险的表格、假释处的表格。到处都有文件码成的纸山被推翻，形成了纸丘。纸山和纸丘之间扔着纸杯、安布罗西亚啤酒的空罐、烟蒂和南方安逸酒的空酒瓶。

埃利奥特把从《生活》和《展望》杂志上剪下来的图片用图钉钉在墙上，此刻雷雨前的凉风正吹得它们沙沙作响。埃利奥特发现某些图片能让人们心情愉快，尤其是小动物的照片。他的访客则喜欢惊人灾难的照片。宇航员让他们觉得厌烦。他们喜欢伊丽莎白·泰勒的照片，因为他们太讨厌她了，觉得自己比她优越一千倍。他们最喜欢的人物是亚伯拉罕·林肯。埃利奥特尝试过向他们介绍托马斯·杰斐逊和苏格拉底，但见过一次的人再来时永远记不住他们都是谁。他们会问："你说哪个是哪个？"

这间办公室曾经属于一名牙医。除了从街面上楼的楼梯，他存在过的痕迹已经荡然无存。牙医把铁皮牌子钉在了台阶上，每一块牌子都用来称颂他服务的一个方面。牌子还挂在原处，但埃利奥特涂掉了上面的文字，然后写上新的内容——威廉·布莱克的一首诗。诗句抄录如下，为了适应十二级台阶而从句子中间断开。

     主持我降生的天使说：

      "小小的

       生灵，

        喜悦与

         欢乐的

          造物，

去爱吧，

而无须

地上

任何

事物的

帮助。"

楼梯最底下，参议员亲自用铅笔在墙上写下他的反驳，来自布莱克的另一首诗。

爱只寻求自己的快乐，

为了欢愉而束缚他人，

从他人失去安逸中得到喜悦，

无视上天的厌恶去建造地狱。

. . .

说回华盛顿，埃利奥特的父亲在大声祈愿，声称他和埃利奥特都还是死了好。

"我——我有个相当初步的想法。"麦卡利斯特说。

"你上一个初步的想法害我损失了8700万美元的控制权。"

麦卡利斯特用一个疲惫的笑容表示他不会为设立基金会而道

歉。无论如何，基金会确实完成了它应有的使命，将财富从父亲传给儿子，而税务局连一毛钱都捞不到。麦卡利斯特本来就无法保证他的儿子能够承继父业："我想提议埃利奥特和西尔维娅最后再尝试一次和解。"

西尔维娅摇摇头。"不行，"她悄声说，"对不起，但不行。"她蜷缩在一张宽大的圈椅里。她脱掉了鞋子，毫无瑕疵的鸭蛋脸白里透青，头发黑得像乌鸦羽毛，眼睛底下有黑眼圈："不行。"

这当然是医生的决定，也是个明智的决定。第二次崩溃和恢复没有让她变回刚到罗斯沃特县那段日子里的那个西尔维娅，而是赋予了她一个截然不同的新人格。自从她和埃利奥特结婚以来，这是她表现出的第三个人格了。这个第三人格的核心是觉得自己毫无价值的认知，是羞愧于穷人和埃利奥特的个人卫生情况而激起的厌恶感，是一种自毁的愿望：她想无视厌恶的情绪，返回罗斯沃特县，为了正义的事业尽快赴死。

就这样，她遵循医嘱，自觉而肤浅地反对全身心的牺牲，再次重复道："不行。"

· · ·

参议员先生把埃利奥特的照片从壁炉架上扫了下去。"谁能责怪她呢？再去和我称之为儿子的那个吉卜赛醉鬼滚一遍干草堆吗？"他为最后一个意象的粗俗而道歉，"失去希望的老年人说话容易既粗鲁又一针见血。请你原谅。"

西尔维娅垂下她可爱的脑袋，然后又抬起来："我看到的他不是那样的：一个吉卜赛醉鬼。"

"但老天在上，我看到的就是。每次我被迫看他的时候，我都对自己说：'好一个伤寒大流行的温床啊！'西尔维娅，不必担心伤害我的感情。我的儿子配不上一个体面的女人。他只配和他现在身边的那些人做伴，享受妓女、逃兵、皮条客和盗贼虚情假意的友谊。"

"他们没那么坏，罗斯沃特大人。"

"但他们也绝对没有任何一点儿好，要是我没理解错，这正是他们吸引埃利奥特的最大原因。"

西尔维娅，她背后是两次精神崩溃，面前没有任何成形的梦想，她静静地说："我不想争辩。"——医生肯定会希望她这么说。

"你还能为埃利奥特辩护？"

"对。就算今晚我没法理清其他的头绪，至少有一点请允许我说清楚：埃利奥特正在做的事情是正确的。他做的事情很美好。我只是不够坚强，或不够善良，无法再陪伴在他的身旁了。有过错的是我。"

痛苦和困惑浮上了参议员的面容，随后被无能为力代替："说说埃利奥特帮助的那些人有哪点好吧，一句就行。"

"我做不到。"

"我认为没有。"

"那是个秘密。"她说，她被迫参与争辩，希望辩论能够就此结束。

参议员逼问下去，完全没有意识到他这么做有多么残酷："现在你身边的都是朋友，我想可以告诉我们，这个了不起的秘密究竟是什么。"

"秘密在于他们都是人。"西尔维娅说。她扫视众人的脸，想找到一丝理解，但她没能找到。她凝视的最后一张脸属于诺曼·穆沙里。穆沙里对她露出不合时宜的骇人笑容，充满了贪婪和色欲。

西尔维娅突然起身告退，走进卫生间，痛哭流涕。

· · ·

与此同时，罗斯沃特县响起了雷声，一条斑点狗吓得精神失常，跌跌撞撞地跑出消防站。狗在马路中间停下，浑身颤抖。路灯光线暗淡，彼此相隔很远。除了路灯，光线只来自一只蓝色灯泡、一只红色灯泡和一只白色灯泡，蓝色灯泡在政府大楼地下室里的警察局门前，红色灯泡在消防站门前，白色灯泡在电话亭里，电话亭对面是锯城坎迪厨房，这家小饭馆同时也是公共汽车站。

轰隆一声，闪电把一切都映成了蓝白色的钻石。

狗跑到罗斯沃特基金会的门口，一边挠门，一边嚎叫。楼上，埃利奥特还在酣睡。他那件恶心的半透明速干衬衫挂在天花板上的一个挂钩上，像幽灵似的摇来晃去。

．．．

埃利奥特只有这一件衬衫。他也只有一身正装，就是那套肮脏的双排扣蓝色细条纹西装，此刻挂在卫生间的门把手上。这身衣服做工极好，尽管它已经很旧了，但还没散架。那是埃利奥特于1952年在新泽西州新埃及和一名志愿消防员交换来的。

埃利奥特只有一双鞋，是双黑皮鞋。鞋上有一道失去光泽的印子，那是一次试验的结果。有一天，埃利奥特试着用强生公司的抛光蜡擦皮鞋，但那是地板蜡，不是用来擦鞋的。一只鞋扔在他的办公桌上；另一只鞋在卫生间里，搁在洗脸池的边上。两只鞋里各有一只栗色的尼龙袜，袜子上连着吊袜带。洗脸池上那只鞋里的袜子的吊袜带有一头泡在水里。由于神奇的毛细现象，整根吊袜带连同袜子都泡湿了。

除了从杂志上剪下来的照片，办公室里只有几件色彩鲜艳的新东西：一个家庭装汰渍洗衣粉的盒子——感谢汰渍，洗衣日的奇迹；一套志愿消防员的黄色防火衣和红色头盔，它们挂在办公室门后的衣帽钩上。埃利奥特是消防队的副队长。他很容易就能当上队长，因为他不但是一位忠于职守、技术娴熟的消防员，而且还给消防队买了六辆新消防车。他本人坚持只肯接受一个不高于副队长的职衔。

埃利奥特除了去灭火几乎不离开办公室，因此火灾报警电话全都打给了他。他的行军床旁之所以有两部电话，这就是原因。黑色的那部用来接基金会的电话，红色的那部用来接火警电话。每次火警电话打进来，埃利奥特就会按下墙上的一个红色按钮，这个按钮安装在公证人的委任状底下。按钮会启动消防站屋顶瞭望台底下的大喇叭，喇叭响得就像宣告最后审判日到来的号角声。大喇叭是埃利奥特出钱安装的，瞭望台也是。

一声霹雳，响得震耳欲聋。

"呐，呐——呐，呐。"埃利奥特在睡梦中说。

黑色的那部电话就快响了。等铃响第三声，埃利奥特会醒来接电话。无论对方是什么人，无论电话几点钟打来，他都会这么说：

"这里是罗斯沃特基金会。我们能如何帮助您？"

· · ·

在参议员先生的想象中，埃利奥特成天和犯罪分子搞不法勾当。他弄错了。埃利奥特的大多数当事人都没有足够的勇气或智慧去犯罪。但埃利奥特同样也弄错了他当事人的身份，尤其是在他和他的父亲或银行家或律师争论的时候。他总是争辩说他想帮助的是同一种人，他们的祖辈曾经清除森林，排干沼泽，修建桥梁；他们的儿孙在战争中构成了步兵团的脊梁，如此等等。然而，经常来向埃利奥特乞讨的那些人比起他们要软弱得多，也愚钝得多。举例来说，轮到他们的儿孙该去服兵役的时候，那些儿孙往往会因为精神、道德和身体方面的不合格而被拒之门外。

罗斯沃特县的穷人中也有一些硬汉，他们出于自尊而远离埃利奥特和他无条件的爱，他们有足够的勇气走出罗斯沃特县，去印第安纳波利斯、芝加哥或底特律找工作。当然了，他们中很少有人能在这些地方找到稳定的工作，但无论如何，他们至少尝试过了。

· · ·

即将让埃利奥特的黑色电话响起铃声的是一位六十八岁的老太婆，按照大多数人的标准，她蠢得不该再活下去。她名叫黛安娜·蒙恩·格兰普尔斯，从来没人爱过她，别人也没有任何理由要爱她。她丑陋而愚钝，让人厌烦。难得遇到需要自我介绍的时候，她总是报上全名，接下来则是关乎她如何降临人世的神秘但毫无意义的方程式：

"我母亲姓蒙恩，我父亲姓格兰普尔斯。"

· · ·

格兰普尔斯家和蒙恩家的这个后代是罗斯沃特宅邸的一名家仆，这座由花砖垒砌的大屋是参议员先生的法定住所，尽管他每年回来居住的时间顶多不超过十天。在每年其余的三百五十五天里，二十六个房间全归黛安娜一个人支配。她一个人打扫，打扫又打扫，甚至无缘享受责怪别人弄脏屋子的乐趣。

黛安娜忙完一天的事情后，就会回到自己的房间里，这个房间底下就是罗斯沃特家族能容纳六辆车的车库，但车库里只有一辆轿车，是一辆架在挡块上的1936年款福特法厄同大轿车。另外还有一辆红色小三轮，车把手上挂着火警铃。三轮车属于童年时的埃利奥特。

工作结束后，黛安娜总是坐在房间里，不是听她那破旧的绿色塑料收音机，就是摆弄她那本《圣经》。她不识字。那本《圣经》已经磨损成一堆破烂了。她的床头柜上有一部白色的电话，也就是所谓的公主款电话，是她从印第安纳州贝尔电话公司租来的，租金每个月七毛五，一般维修费另算。

霹雳一声响。

黛安娜高呼救命。她当然有理由大喊。1916年，闪电在罗斯沃特木材公司的野餐会上击中了她的父母。她深信闪电也会击中她。由于她的腰子每天从早疼到晚，她还深信闪电肯定会击中她的腰子。

她从机座上抓起公主款电话，拨出她唯一拨过的号码。她抽泣、呻吟，等待线路另一头的人接电话。

这个人就是埃利奥特。他的声音很甜美，极具父爱，人情味充足得就像大提琴能奏出的最低的音符。"这里是罗斯沃特基金会，"他说，"我们能如何帮助您？"

. . .

"罗斯沃特先生，闪电又来杀我了。我不得不打电话！我要吓死了！"

"你想什么时候打就什么时候打，亲爱的。我在这儿就是干这个的。"

"闪电这次真的要逮住我了。"

"唉，这该死的闪电。"埃利奥特的气愤发自肺腑，"这闪电气得我发狂，它怎么能那么没完没了地折磨你呢？太不公平了。"

"我希望它干脆一点儿，直接杀了我，而不是像现在这样，光动嘴皮子不动手。"

"要是真的发生了，亲爱的，这个镇子会变得非常悲伤的。"

"谁会在乎呢？"

"我会在乎。"

"你在乎所有人。我是说，还有其他人会在乎吗？"

"许许多多、许许多多的人，亲爱的。"

"一个愚蠢的老女人，都已经六十八岁了。"

"六十八岁是个美妙的年龄。"

"我这个身体，没遇到过身体该遇到的任何好事，对它来说，六十八年可实在太漫长了。我从没遇到过任何好事。我怎么可能遇到？上帝他老人家分发大脑的时候，我正好被门板挡住了。"

"根本不是这样的！"

"上帝他老人家分发强壮和美丽的身体的时候，门板它还是挡住了我。就算是我年轻那会儿，我也跑不快，跳不高。我从没感觉特别好过，一次都没有。我从生下来就胀气、脚踝肿、腰子疼。上帝他老人家分发金钱和好运的时候，门板它依然不肯放过我。等我好不容易鼓起勇气，从门板后面走出来，低声说：'主啊，主啊，我亲爱的敬爱的主啊，还有一个卑微可怜的我呢——'但好东西全都发完了。他只能给我一个老土豆当鼻子，只能给我一把钢丝刷当头发，只能给我一副牛蛙的嗓子。"

"黛安娜，你那根本不是牛蛙的嗓子。你的声音很动听。"

"就是牛蛙的嗓子，"她坚持道，"罗斯沃特先生，天堂里有这么一只牛蛙。上帝他老人家本来要送它来这个倒霉的世界出生的，但老牛蛙它很精明。'敬爱的上帝啊，'精明的老牛蛙说，'假如对你来说反正都一样，敬爱的上帝，我宁可不要现在出生。在底下当一只牛蛙好像没什么快乐可言。'于是上帝允许这只牛蛙在天堂里蹦来蹦去，没人会抓它当鱼饵或吃它的腿，而上帝就把这只牛蛙的嗓子给了我。"

· · ·

又是一声霹雳。黛安娜的嗓门提高了八度："我应该说那只牛蛙想说的话！这个世界对黛安娜·蒙恩·格兰普尔斯们同样也不热情啊！"

．．．

"呐，呐，黛安娜——呐，呐。"埃利奥特说。他抄起一瓶南方安逸酒，喝了一小口。

"我的腰子每天从早到晚折磨我，罗斯沃特先生。感觉像是烧红的炮弹，里面充满了电，电非常慢地一点儿一点儿放出来，然后它在我身体里没完没了地转，上面还镶着许多有毒的刀片。"

"那肯定很不舒服吧。"

"那是当然了。"

"亲爱的，我衷心希望你去找个医生，看看你那对该死的腰子。"

"我去了。上次你叫我去看温特斯医生，今天我就去了。他对待我就好像对一头母牛，而他是个喝醉酒的兽医。他在我身上戳来戳去，把我整个人翻得团团转，等他折腾完，他只是哈哈大笑。他说他希望罗斯沃特县的每一个人都有我这么一副好腰子。他说我腰子的问题全在我脑袋里。唉，罗斯沃特先生，从今往后你就是我唯一的医生了。"

"亲爱的，可我不是医生呀。"

"我不在乎。全印第安纳州的医生治好的绝症加起来都不如你多。"

"呐，呐——"

"道恩·伦纳德的疖子长了十年了，在你手上治好了。奈德·卡尔文的眼睛从小就会抽抽，是你让它停下了。珀尔·弗莱明来见你，结果扔掉了她的拐杖。现在光是听见你甜美的声音，我的腰子它就不疼了。"

"我很荣幸。"

"而这会儿打雷和闪电也停下了。"

这是真的。现在只剩下了让人忧伤得绝望的雨声。

．．．

"所以你可以睡觉了，亲爱的？"

"多亏了你。天哪，罗斯沃特先生，他们应该在镇中心给你树一个大大的雕像——用钻石和黄金，用无价的珍贵宝石，用纯铀。你，有你尊贵的姓氏、你优秀的教育、你的钱和你母亲教你的良好风度——你大可以去个大城市，开着凯迪拉克兜风，和最趾高气扬的有钱人为伍，乐队为你们奏乐，人群为你们欢呼。你大可以坐在这个世界的最高处，偶尔俯视可怜的罗斯沃特县，我们这些单纯、愚蠢的普通人看着就像一群虫子。"

"呐，呐——"

"你放弃了一个人有可能想要的一切，只是为了帮助我们这些小人物，我们小人物知道你的好。上帝保佑你，罗斯沃特先生。祝你晚安。"

6

　　"大自然给我的警报信号——"参议员先生阴沉沉地对西尔维娅、麦卡利斯特和穆沙里说，"我多少次视而不见呢？我看是每一次。"

　　"你不能责怪自己。"麦卡利斯特说。

　　"假如一个男人只有一个孩子，"参议员先生说，"而他的家族以产出意志坚定的超常人物而著称，那这个男人应该用什么标准来衡量他的孩子是不是疯子呢？"

　　"你不能责怪自己！"

　　"我花了一辈子来要求人们为自己的不幸责怪自己。"

　　"你也说过有人例外。"

　　"太他妈少了。"

　　"这少数几个里就包括你。你就属于这少数几个。"

　　"我常常会想，假如埃利奥特小时候当消防队吉祥物的时候不是闹得那么欢腾，他也许就不会变成现在这个样子了。上帝啊，他们太娇惯他了——让他坐在一号消防车的座位上，让他拉警铃；教他怎么通过反复转动点火钥匙让发动机回火，他把消音器炸飞的时候笑得像个疯子。他们当然永远一身酒味——"他点点头，眨眨眼，"烈酒和消防车——重返快乐的童年。我说不清，我说不清，我真的说不清。每次我们去那儿，我就告诉他那是老家——但我从没想到过他会蠢得真的相信。"

...

"我必须责怪自己。"参议员先生说。

"怪得好！"麦卡利斯特说，"既然已经开始怪了，那你也务必为埃利奥特在第二次世界大战中发生的一切负上责任。毫无疑问，那些消防员会待在一座充满浓烟的建筑物里，那都是你的错。"

麦卡利斯特说的是埃利奥特在战争即将结束时精神崩溃的直接原因。那座充满浓烟的建筑物是巴伐利亚的一家单簧管制造厂，据称有一伙党卫军像豪猪似的盘踞在那儿。

埃利奥特率领他连队里的一个排向这座建筑物发起突袭。他惯用的武器是一把汤普森冲锋枪，但那天他带的是一把上了刺刀的步枪，因为他担心冲锋枪会在浓烟中误伤自己人。他这辈子从没用刺刀捅过人，即便在战场上也一样。

他朝一扇窗户里扔了一颗手雷。手雷爆炸后，罗斯沃特上尉第一个跳进窗户，发现自己站在一片凝滞不动的烟海里，呈波浪状起伏的表面与他的眼睛齐平。他仰起脑袋，让鼻子处于空气中。他能听见德国人说话，但看不见人影。

他向前迈出一步，被一具尸体绊倒，摔在另一具尸体上。他们是被他的手雷炸死的德国人。他爬起来发现自己和一个戴着头盔和呼吸面罩的德国人打了个照面。

埃利奥特，发挥出了他这个英勇战士的本色，一记膝撞顶在对方的裆部上，把刺刀捅进那人的喉咙，然后抽出刺刀，顺势用枪托砸烂了德国佬的下巴。

就在这时，埃利奥特听见一个美国军士在他左边喊着什么。那儿的能见度显然比他这儿好，因为军士在喊："别开枪！弟兄们，别开枪。我的天——他们不是士兵，是消防员！"

一点儿不错：埃利奥特杀了三个手无寸铁的消防员。他们是普普通通的村民，正在执行一项无可争议的英勇任务：尝试阻止一座建筑物与氧气结合。

等医疗兵从埃利奥特杀死的那三个人脸上取掉面罩，他们发现这是两个老人和一个少年。埃利奥特用刺刀捅死的正是这个少年，他看上去顶多十四岁。

接下来的十分钟，埃利奥特似乎一切正常。然后，他平静地躺在了一辆行驶的卡车前方。

卡车及时刹车，但轮子碰到了罗斯沃特上尉。他惊恐的部下赶去搀扶他，发现埃利奥特全身僵直，似乎一头揪住他的头发，另一头抓住脚跟，就能把他抬起来。

他保持这个状态长达十二个小时，既不肯说话，也不肯吃东西，于是军队把他送回了乐园——巴黎。

·　·　·

"他在巴黎是什么样子？"参议员先生想要知道，"在你眼中，那时候他正常吗？"

"我就是这么认识他的。"

"我不明白。"

"我父亲的弦乐四重奏乐队在一家美国人的医院为部分精神病患者演奏，我父亲因此有机会和埃利奥特聊了聊，我父亲认为埃利奥特是他见过的精神最正常的美国人。等埃利奥特恢复得能够出院了，我父亲邀请他来家里吃饭。我记得父亲是这么介绍他的：'我想让诸位认识一下，到目前为止唯一注意到了第二次世界大战的美国人。'"

"他究竟说了什么，让你父亲觉得他的精神特别正常？"

"事实上是他给人留下的印象，而不是……而不是他说的具体内容。我还记得我父亲是怎么描述他的。他说：'我带回家的这位年轻上尉，他蔑视艺术。你们能想象吗？蔑视——但他蔑视的方式完全与众不同，我忍不住要为此喜爱他。我记得他的原话是艺术辜负了他。我不得不承认，对于一个在履行职责时用刺刀捅死了一个十四岁少年的人来说，这话说得相当公允。'"

・・・

"我第一眼就爱上了埃利奥特。"

"你就不能换个词吗？"

"换个什么词？"

"只要不是'爱'就行。"

"还有比'爱'更好的词吗？"

"'爱'当然是个好得不可能更好的词，但那是被埃利奥特占用之前。对我来说，这个词已经被毁掉了。假如埃利奥特要爱世上所有的人，无论他们是什么人，无论他们做过什么，那么我们这些为了特定原因爱特定的一些人的人，还是另外找个词来用吧。"他抬起头，望着一幅油画里的已故妻子，"举例来说——我爱她胜过我爱我们的垃圾工，我就因此犯下了现代罪孽中最不可言喻的恶行：歧视。"

・・・

西尔维娅无力地笑了笑："在找到一个更好的词之前，能允许我继续用这个老词吗——仅限于今天晚上？"

"从我们的嘴里说出来，它依然拥有意义。"

"我在巴黎第一眼就爱上了他——这会儿想到他，我还是很爱他。"

"在这场闹剧中，你肯定从很早就意识到了，落在你手上的是个疯子。"

"他有酗酒的问题。"

"而这就是症结的核心！"

"还有他和亚瑟·加维·乌尔姆的那件倒霉事。"乌尔姆是一名诗人，基金会还在纽约办公的时候，埃利奥特给了他一万块钱。

"那个可怜的亚瑟，他对埃利奥特说他想无拘无束地说出真相，而无须考虑经济上的后果，于是埃利奥特当场签了一张巨额支票给他。那是在一场鸡尾酒会上，"西尔维娅说，"我记得亚瑟·戈弗雷也在，还有罗伯特·弗罗斯特，还有萨尔瓦多·达利，还有很多其他人。

"'老天在上，你必须说真话。现在正是应该有人说出真相的时候了，'埃利奥特对他说，'假如你还需要更多的钱来说出更多的真相，直接来找我就行。'

"可怜的亚瑟被弄得头晕目眩，在酒会上四处乱转，给大家看那张支票，问这东西有没有可能是真的。他们都说这张支票真得不可能更真了，于是他回去找埃利奥特，再次确认这张支票不是开玩笑签给他的。然后，他几乎歇斯底里地恳求埃利奥特告诉他，他究竟应该写些什么。

"'当然是真相了！'埃利奥特说。

"'你是我的赞助人……作为我的赞助人，我认为你……你也许——'

"'我不是你的赞助人。我是个和你一样的普通美国人，给你钱是为了搞清楚真相究竟是什么。这和赞助你完全是两码事。'

"'对，对，'亚瑟说，'就应该这样。我也希望能是这样。我只是以为也许有什么特定的主题是你——'

"'主题随你选，但你必须忠于事实且无所畏惧。'

"'对。'可怜的业瑟突然行了个礼，他都不知道自己在干什么，我猜他根本没进过陆军、海军或其他什么军。他从埃利奥特面前走开，又在酒会上乱转，逢人就问埃利奥特对哪些类型的事情感兴趣。最后他又去找埃利奥特，说他曾经是个随季节迁徙的水果采摘工，他想写一组描述水果采摘工如何悲惨的诗。

"埃利奥特挺直了他的整个身躯，俯视亚瑟，两眼放光，用每个人都能听见的声音说：'先生！你知道罗斯沃特家族是联合果品公司的创立者和主要持股方吗？'"

"这不是真的！"参议员叫道。

"当然不是。"西尔维娅说。

"基金会当时持有联合果品的股票吗？"参议员问麦卡利斯特。

"嗯，也许有五千股吧。"

"不值一提。"

"对，不值一提。"麦卡利斯特赞同道。

"可怜的亚瑟涨红了脸，他惭愧地溜走，但过了一会儿又回来了，非常恭敬地问埃利奥特最喜爱哪位诗人。'我不知道他叫什么，'埃利奥特答道，'我也想知道他的名字，因为我活了这么多年，认为只有那首诗值得刻在心里。'

"'你在哪儿读到的？'

"'乌尔姆先生，它写在一家啤酒屋的男厕所墙上，那家店叫木屋酒吧，在印第安纳州罗斯沃特县和布朗县的交界处。'"

"咦，这就古怪了，真的很古怪，"参议员说，"木屋酒吧早在——我的天——1934年前后就烧掉了。埃利奥特记得那儿可真是太古怪了。"

"他去过吗？"麦卡利斯特问。

"去过一次——现在回想起来，只有那一次，"参议员说，"那是个糟糕透顶的土匪窝，要不是车子的水箱过热，我们也绝对不可能在那儿停车。埃利奥特那会儿才几岁——十岁？十二岁？他很可能确实去过男厕所，也确实见到了墙上写的东西，然后再也没有忘记过。"他点点头："真古怪，太古怪了。"

"那首诗写的是什么？"麦卡利斯特问。

西尔维娅向两位老人道歉，因为她不得不说些粗俗的话了，然后朗诵埃利奥特向乌尔姆大声朗诵的那首两行诗：

我们从不在你的烟灰缸里撒尿，
因此请不要往我们的小便器里扔烟头。

. . .

"可怜的诗人哭着逃跑了，"西尔维娅说，"接下来的几个月，我拆小包裹的时候总是心惊胆战，就担心其中某一个里装着亚瑟·加维·乌尔姆的耳朵。"

. . .

"憎恨艺术。"麦卡利斯特说，然后啧啧慨叹。

"他本人也是一位诗人。"西尔维娅说。

"这倒是新鲜了，"参议员说，"我连一首都没见过。"

"他以前有时候会写诗给我。"

"他在公共厕所墙上乱写乱画的时候大概是最快乐的。我经常会琢磨那都是谁干的。现在我知道了，是我的诗人儿子。"

"他在厕所的墙上乱写乱画？"麦卡利斯特问。

"我听说他这么做过，"西尔维娅说，"但内容都很端正，完全不下流。我们还在纽约的时候，别人告诉我，埃利奥特在全城各处的男厕所里写上了同一句话。"

"还记得是句什么话吗？"

"当然。'假如你想变成一个不被爱的、被遗忘的人，那就通情达理吧。'据我所知，这是他本人的原创。"

• • •

与此同时，埃利奥特正想靠读书哄自己重新睡过去，他捧在手里的是一部小说的底稿，作者不是别人，正是亚瑟·加维·乌尔姆。

书名是《让曼德拉草根怀孕》，引自约翰·多恩的一首诗。致谢页上印着："献给埃利奥特·罗斯沃特，我富于同情心的绿松石。"底下是引自多恩的另一句诗：

> 富于同情心的绿松石一旦变白，
> 就知道佩戴者身体不适。

乌尔姆的附信称小说将由回文[1]印书馆于圣诞节前出版，和《色情作品的摇篮》一起成为某家大型读书俱乐部的力荐书籍。

这封信部分摘录如下：

> 你无疑已经忘记我了，我富于同情心的绿松石。你认识的那个亚瑟·加维·乌尔姆当然只配被遗忘。他是何等怯懦，又是何等愚蠢，居然会以为自己是个诗人！他花了很长、非常长的时间，才真正理解你的残忍实际上是多么

1　指正反读都是一样的词语。

慷慨和仁慈！你花费了多么大的力量来告诉我，我错在哪里以及我该怎么改正错误，而你只用了那么少的几个词！现在（十四年后），这是由我写出的八百页长文。若是没有你，我是不可能创作出来的，我指的不是你的钱。（金钱是粪土，这是我想在这本书里表达的观点之一。）我指的是你秉持的观点：我们必须说出这个病态社会的真相，而用来讲述真相的字词能在厕所的墙上找到。

埃利奥特不记得亚瑟·加维·乌尔姆是谁，更不知道他究竟给过这个人什么建议。乌尔姆提供的线索过于模糊，但埃利奥特还是很高兴，因为他给了某个人一些有益的建议，看到乌尔姆以下的宣言时更是激动不已。

让他们朝我开枪，让他们绞死我吧，但我已经说出了真相。法利赛人、腓力斯人和麦迪逊大道的虚伪者，他们的咬牙切齿对我来说是动听的音乐。在你神性的协助下，我已经把关于他们的真相从瓶子里放出来了。精灵一旦获得自由，就永远、绝对、再也不会被收回去了！

埃利奥特贪婪地扑向乌尔姆准备为之献出生命的真相：

第一章

　　我强扭她的手臂，直到她张开双腿，我把咱的老复仇
者塞进老家，她轻轻地尖叫一声，一半出于愉悦，一半出
于痛楚（谁能搞懂女人的心思呢）。

　　埃利奥特发现他不由自主地勃起了。"唉，我的天，"他对他
的生殖器官说，"你还能再胡作非为一些吗？"

· · ·

　　"你们要是有孩子就好了。"参议员老调重弹。一个念头突然
刺破了他浓厚的悔恨：对一个没能怀上孩子的女人说这种话，未免
太残忍了一些。"请原谅一个老傻瓜吧，西尔维娅。你也许会为了
没有孩子而感谢上帝，我能理解。"

　　西尔维娅去卫生间里哭了一场出来，摆出些小小的姿态，言下
之意都是假如他们有个孩子，她一定会很爱他，但同时也会怜悯
他。"总之我绝对不会为了那么一个小东西而感谢上帝。"

　　"我能问你一个非常私人的问题吗？"

　　"生活每天从早到晚都在这么做。"

　　"你认为他还有生儿育女的哪怕一丝的可能性吗？"

　　"我三年没见过他了。"

　　"我只是请你做个推断。"

"我能说的只有，"她说，"到了我们婚姻生活的末期，我们两人都早已不再热衷于做爱。他在做爱方面曾经是个甜蜜的狂热分子，但不是为了制造自己的后代。"

参议员懊悔地啧啧慨叹："要是我多关心关心我的孩子就好了！"他咧了咧嘴："我打过电话给埃利奥特以前在纽约看的精神分析师。去年我终于想到要这么做了。和埃利奥特有关系的事情，我似乎晚了二十年才想到要去做。问题在于……问题在于……我的脑子里根本没动过这样的念头。他这么一个美好的造物竟然会甘愿投身于地狱！"

穆沙里掩饰住了他的渴望，他很想知道埃利奥特的病症的诊疗详情，急切地期待着其他人催促参议员说下去。但没人开口，于是穆沙里只好自己出马了："医生怎么说呢？"

参议员没有起疑心，继续说了下去："这些人从来不会和你谈你想谈的事情，总是天南海北地乱扯。等他搞清楚我是谁，就不想谈埃利奥特了。他想谈《罗斯沃特法案》。"在参议员的心目中，《罗斯沃特法案》是他在立法方面的杰作。这项法案规定，凡是出版或持有淫秽物品都是违反联邦法律的罪行，惩戒最高可达罚款5万美元和十年监禁且不得假释。之所以称其为杰作，是因为它明确地定义了淫秽物品。

淫秽物品是能够唤起生殖器官、引起漏症或体毛产生反应的一切图片、唱片和文字材料。

"这位精神分析师，"参议员抱怨道，"想了解我的童年，想探究我对体毛的感觉。"参议员打了个哆嗦。"我好言好语地请他别谈这个话题了，说我对体毛的反感——据我所知——是一切体面人所共有的。"他指了指麦卡利斯特，仅仅因为他想找个人指一指，随便什么人都行，"这就是你辨认色情的关键。其他人问：'咦，你怎么能认出它来呢？你怎么能断定它是色情，而不是艺术什么的东西呢？'我把这个关键点写进了法律！色情和艺术之间的区别就是体毛！"

他羞红了脸，难堪地向西尔维娅道歉："请原谅我，亲爱的。"

穆沙里不得不再次刺激他："但医生一句也没提埃利奥特吗？"

"该死的医生说除了众所周知的历史事实，埃利奥特什么都没对他说，而那些历史都与对怪人和穷人的压迫有关。他说无论他对埃利奥特的病情做出什么诊断，都必然是不负责任的猜测。作为一名深深担忧的父亲，我对医生说：'请随便猜一猜我儿子究竟是怎么了吧，我不会说你不负责任的。无论你说什么，无论是真是假，我都会心怀感激，因为我从多年前就对我的孩子没有任何想法了，无论负不负责，无论是真是假。医生，你就把你的不锈钢调羹插进这个忧郁老人的大脑里吧，然后使劲搅动。'

"他对我说：'在我说出我不负责任的想法之前，我们必须先探讨一下性变态的问题。我曾经想拉着埃利奥特一起探讨这个问题——所以，假如讨论这种问题会给你造成强烈的影响，那么咱们的探讨就到此结束为好。''你放心说吧，'我告诉他，'我已经是棺材瓤子了，按理说无论别人说什么，都不可能伤害一个棺材瓤子。我以前根本不信这回事，但现在我会尽量去相信的。'

"'那好——'他说，'首先假设，一个健康的年轻男性见到除母亲和姐妹外的诱人女性，总是会被唤起性欲的。假如他会被其他事物唤起兴趣，比方说另一个男性、一把伞、约瑟芬皇后的鸵鸟毛披肩、一只绵羊、一具死尸、他的母亲或偷来的吊袜带，那么他就是我们所称的性变态了。

"我说我早就知道有这种人存在，但我从没怎么考虑过他们的情况，因为似乎没什么值得去考虑的。

"'很好，'他说，'这是个冷静而合理的反应，罗斯沃特参议员；但实话实说，你的回答让我感到惊讶。首先，咱们要承认一个结论，那就是性变态事实上都是神经搭错的问题。大自然母亲和社会命令一个男人必须去某个地方通过某种手段解决他的性欲。但由于神经搭错，有些倒霉的家伙会兴高采烈地直奔错误的地方，自豪而干劲十足地做些不合适的骇人事情；假如他只是被警察打得终身残疾，而不是被暴民处死，他就可以自认幸运了。'"

"多年来，我第一次感受到了恐惧，"参议员说，"我也是这么对医生说的。"

"'很好，'他又说，'从医最美妙的享受莫过于先把一个外行推向恐惧，然后再把他拉回安稳的境地了。埃利奥特的神经肯定是搭错了，但线圈搭错促使他为发泄性能量而做的不合适的事情，

未必就是坏事。'

　　"'到底做了什么事？'我叫道，情不自禁地想到了埃利奥特偷窃女性内衣，在地铁上剪别人的头发，或者变成一个偷窥狂。"印第安纳州的参议员打了个哆嗦，"'告诉我，医生——把最坏的情况告诉我。埃利奥特是怎么发泄他的性能量的？'

　　"'乌托邦。'医生答道。"

　　挫败感害得诺曼·穆沙里打起了喷嚏。

7

埃利奥特读着《让曼德拉草根怀孕》，眼皮变得越来越沉重。他只是在随手翻看，希望能凑巧撞见会让法利赛人咬牙切齿的字句。他发现有一处写到一名法官因为从没让妻子高潮过而被判有罪；还有一处说一名负责香皂公司的广告公司客户经理喝醉了，他锁上公寓门，穿上他母亲的婚纱。埃利奥特皱起眉头，试着想象这种事会不会让法利赛人上钩，他觉得似乎不会。

他读到这位客户经理的未婚妻勾引她父亲的司机。她挑逗地咬掉了司机制服上衣的胸袋纽扣。埃利奥特·罗斯沃特陷入了酣睡。

电话铃响了三次。

"这里是罗斯沃特基金会。我们能如何帮助您？"

"罗斯沃特先生——"一个焦躁不安的男人说，"你不认识我。"

"跟我认不认识你有关系吗？"

"我一文不值，罗斯沃特先生。我比一文不值更一文不值。"

"那就是上帝犯了个非常糟糕的错误，对吧？"

"他造我的时候显然如此。"

"也许你该带着委屈去你该去的地方。"

"那是什么地方呢？"

"你是怎么知道我们的？"

"电话亭里有一张黑色和黄色的大标贴。上面写着'别自杀，打电话给罗斯沃特基金会'，然后是你的号码。"罗斯沃特县所有的电话亭里都有这种标贴，志愿消防员的大车和小车的后车窗上也都贴着呢，"你知道有人用铅笔在底下写了什么吗？"

"不知道。"

"上面写着：'埃利奥特是圣人，他会给你爱和钱。假如你想要整个印第安纳州南部最好的一个屁股，那就打给梅丽莎。'然后是她的号码。"

"你是个外地人？"

"我在任何地方都是个外地人。但你们究竟是什么呢？某种宗教吗？"

"灵性两种子宿命论浸礼宗。"

"什么宗？"

"每次别人坚持说我必须有信仰的时候，我就会这么说。事实上，真的存在这么一个教派，而且我确信他们是个好教派。他们施洗脚礼，牧师不抽薪水。我也洗脚，我也不抽薪水。"

"我没听懂。"来电者说。

"我这么说只是想安抚你的情绪，顺便让你知道你没必要一本正经地和我说话。你不会凑巧就是灵性两种子宿命论浸礼宗的信徒吧？"

"我的天，不是。"

"有两百来个人是，我迟早会和他们中间的某个人说刚才那番话。"埃利奥特喝了一口酒，"我害怕那个时刻的到来，但它迟早会来。"

"你说话像是喝醉了，而且听上去像是刚刚喝了一口酒。"

"这种细节不重要——请问我们能如何帮助您？"

"你们到底是什么人？"

"政府。"

"什么？"

"政府。既然我们不是教会，但又想阻止人们自杀，那就肯定是政府了。你说呢？"

男人嘟囔了一句什么。

"要么就是社区福利基金会。"埃利奥特说。

"你们是某种恶作剧组织吗？"

"那就只有我知道，而你必须自己去发现了。"

"也许你觉得贴告示捉弄要自杀的人很好玩。"

"你要自杀吗？"

"假如我要自杀呢？"

"我不会对你说我发现的关于人为什么要活下去的冠冕堂皇的大道理。"

"那你会怎么做？"

"我会要你开个底价，换你再多活一个星期。"

一阵沉默。

"你听见我说什么了吗？"埃利奥特说。

"我听见了。"

"假如你不打算自杀，那就麻烦你挂电话吧。还有其他人想拨我这个号码呢。"

"你说话的样子像个疯子。"

"想自杀的是你。"

"要是我说哪怕你给我100万美元，我也不愿意再活一个星期了呢？"

"我会说：'那就去死吧。'1000美元还能商量一下。"

"1000美元。"

"那就去死吧。100美元还能商量一下。"

"100美元。"

"看来你还是能说通道理的嘛。过来聊聊吧。"他把办公室地址报给对方。"别害怕消防站门口的狗，"他说，"只要消防警报器不响，它们就不会咬人。"

．．．

说到这个消防警报器，据埃利奥特所知，它是整个西半球最响的一个警报器。驱动它的是一台七百马力的梅塞施米特发动机，而发动机又接着一台三十马力的电起动器。它曾经是第二次世界大战期间柏林的主空袭警报器。罗斯沃特基金会从西德政府手中买下它，匿名捐献给罗斯沃特镇。

一辆平板卡车载着它送到时，只留下了一条关于捐赠者的线索，那是个拴在警报器上的小小标签，上面言简意赅地写着："来自一个朋友的问候。"

．．．

埃利奥特用一本厚重的账册记事，他把账册藏在行军床底下。账册用黑色石纹皮革装订，有三百页，悦目的绿色页面自带格子。他称之为他的审判日账本。埃利奥特在这个账本里记录了从基金会在罗斯沃特县开业第一天起接待过的每一位客人，内容包括客人的姓名、苦难的缘由和基金会为他们做了什么。

这个账本快记满了，只有埃利奥特和他已经疏远的妻子能看懂里面都写了什么。此刻他正在记录给他打电话的那个有自杀念头的男人，他来见了埃利奥特，这会儿刚离开——离开时有点愠怒，就好像他怀疑自己受到了诈骗或捉弄，但又怎么都想不明白对方的手段和原因。

"谢尔曼·韦斯利·里特尔，"埃利奥特写道，"Indy, Su-TDM-LO-V2-W3K3-K2CP-RF $300。"解读过来是说，里特尔来自印第安纳波利斯，想自杀，是一名熟练的机械操作工，刚被解雇，参加过第二次世界大战，有一个妻子和三个孩子，第二个孩子患有大脑麻痹症。埃利奥特给了他300美元，算是罗斯沃特基金会的资助金。

审判日账本里有个处方，其出现频率要远高于给钱，它是"AW"。假如一个人出于形形色色的原因但又没有什么特定的原因而跌进谷底，埃利奥特就会向他推荐这个处方："亲爱的，我来告诉你该怎么办——吃一片阿司匹林，用一杯酒送服。"

· · ·

"FH"是"打苍蝇"的缩写。人们往往会觉得非要为埃利奥特做点什么好事不可，他就会邀请他们在一个特定的时间来办公室打苍蝇。每到蚊虫肆虐的季节，这就是个累死人的苦差事，因为埃利奥特的窗户上没装纱窗，而他的办公室地板上还有个油腻腻的热气通风口，管道直接连着楼下小餐厅肮脏的厨房。

因此打苍蝇事实上成了一种仪式，而且仪式化得已经不再使用传统的苍蝇拍，男人和女人通过截然不同的方法打苍蝇。男人用橡皮筋，女人用小酒杯和肥皂水。

橡皮筋手法是这样的：一个男人割开一根橡皮筋，把它变成一小段而不是一个圈。男人用双手拉开这一段橡皮筋，视线沿着橡皮筋瞄准，就好像那是猎枪的枪管，等苍蝇出现在视野内就松手，让橡皮筋飞出去。要是打得准，苍蝇通常会尸骨无存，埃利奥特的墙面和木家具之所以会是现在这个独特的颜色，这就是原因——大体而言，那是晾干的苍蝇肉酱。

小酒杯和肥皂水手法是这样的：一个女人先找到一只倒挂着的苍蝇，然后以极慢的动作把盛着肥皂水的小酒杯拿到苍蝇的正下方，这样就活用了一个生物学知识点——一只倒挂着的苍蝇在遇到危险时，会径直向下以自由落体式坠落两英寸左右，随后才开始扇动翅膀。在理想情况下，苍蝇直到小酒杯来到它正下方之后才会觉察到危险，这样它就会乖乖地掉进肥皂水里，挣扎着穿过泡沫向下沉，最终淹死。

关于这个手法，埃利奥特经常评论道："在尝试之前，没人会相信。但一旦发现它真的有用，人们就再也不想放弃了。"

. . .

账本的反面是一部离写完还差得远的小说，是埃利奥特几年前开始写的。动笔的那天傍晚，埃利奥特终于意识到西尔维娅再也不会回到他身边了。

那么多灵魂在地上经历了失败和死亡、失败和死亡、失败和死亡之后，为什么还会自愿返回尘世呢？因为天堂真的太无聊了。在该死的珍珠大门上应该雕上这句话：

为了一点儿微不足道的东西，上帝啊，要走很长很长的一段路。

然而，天堂那无垠的大门上却只有野蛮者灵魂的涂鸦。"欢迎来到保加利亚世界博览会！"这是用铅笔写在珍珠山墙上的一句嗟叹。"宁可死，也要红！"这是另一句断言。

"没戳过黑×就不算真男人"，另一条这么说，但又被改成了"没当过黑×就不算真男人"。

"在这儿，我去哪儿才能好好打一炮？"一个好色的灵魂说。引来的回应是："试一试阿尔弗雷德·丁尼生勋爵的《最后一个吟游诗人的歌》。"

我本人的贡献：

在天堂之墙上涂写的人们，
应该把他们的屎搓成小球。
阅读这些睿智诗词的你们，
应该吃掉这些屎尿的小球。

．．．

　　"忽必烈汗、拿破仑、朱利乌斯·恺撒和狮心王理查一世全都臭不可闻。"一个勇敢的灵魂如此宣称。没人反驳他的断言，受到侮辱的那几位老兄更是不太可能来反驳他。忽必烈汗的不朽灵魂如今栖息在秘鲁利马一名兽医妻子的温顺躯体里。拿破仑·波拿巴的不朽灵魂正在从马萨诸塞州科士伊港务局长的十四岁儿子那滚热而肥硕的躯体里窥视世界。恺撒大帝的鬼魂正尽其所能和安达曼群岛上一个俾格米寡妇患有梅毒的躯体和平共处。狮心王又一次在旅途中被俘虏，这次被囚禁在莱辛格教练的躯体里，教练是个可悲的裸露狂，在印第安纳州罗斯沃特县捡破烂。教练带着躯体里倒霉的理查一世，每年乘灰狗巴士三四次前往印第安纳波利斯。他会为了这次旅途精心打扮，穿上皮鞋、袜子、吊袜带和雨衣，脖子上挂着个镀铬的哨子。等教练到了印第安纳波利斯，就会走进一家大型百货商店的餐具部，永远有许多准新娘在这种地方挑选不同款式的餐具。教练会吹响他的哨子，所有姑娘抬头看他，于是教练掀开雨衣再合上，然后发疯似的逃跑，跳上长途车返回罗斯沃特县。

埃利奥特的小说继续写道：

天堂无聊得无以复加，因此大多数灵魂都在排队等待重生——他们出生，去爱，失败，死亡，然后再排队等待重生。按照俗话的说法，他们这是在撞大运。他们不会叽叽歪歪地坚持非要这个种族或那个种族、这个性别或那个性别、这个国籍或那个国籍、这个阶层或那个阶层。他们想要的和他们能得到的仅仅是三个空间维度和不难理解的一小段时间，还有能够明确区分内部和外部的包围性边界。

天堂里没有内部。天堂里没有外部。无论从哪个方向穿过天堂之门，都是从无所在到无所在，都是从有所在到有所在。想象一张台球桌，长宽都和银河系差不多。不要忘记一个细节：这是一块毫无瑕疵的石板，绿色台呢用胶水粘在上面。想象石板的正中间有一扇门。任何人只要能想象到这一步，就可以理解关于天堂的所能知道的一切了，也就能够和那些迫不及待地想要区分内部和外部的人共情了。

. . .

尽管天堂有着种种不便，但也有少数人对重生不感兴趣。我就属于这种人。自从公元1587年以后，我就再没去过尘世了，那次我寄居在一个名叫沃尔普加·豪斯曼宁的躯体里，在奥地利的迪林根村被处死。我的躯体被控的罪名是行巫术。听到判决的时候，我当然很想逃离那个躯体。我已经在它里面待了八十五个年头，反正也快离开了。然而我还是不得不待在里面，听凭他们逼我骑上锯木架，把我捆在上面，再把锯木架装上马车，载着我可怜的老躯体去市政厅。他们在市政厅用烧红的铁钳撕开我的右臂和左乳。然后我们又去城门口，他们在那儿撕开我的右乳。接着他们又带我去医院门口，撕开我的右臂。后来他们带我去村中心的广场。考虑到我是一名有执照和铺面的接生婆，而且已经干了六十二年，却依然做出如此邪恶的恶行，他们砍掉了我的右手。他们把我捆在木桩上，把我活活烧死，最后把我的骨灰倒进了最近的一条小河。

如我所说，我再也没有回去过。

· · ·

以前在我们这些不想重返尘世的灵魂中，大多数灵魂的肉体都遭受过各种缓慢而稀奇古怪的折磨——鼓吹用肉刑和死刑震慑罪犯的倡导者若是知道了这个事实，一定会感到极为得意。但最近发生了一件怪事。我们的队伍里增加了一些新人，按照我们对苦难的衡量标准，他们在尘世间没吃过任何苦头。他们在尘世连小腿都没蹭破过，而他们却像患上弹震症的军团似的走进天堂，号叫着什么：

"再不去了！"

"这些都是什么？"我问自己，"他们到底遇上了什么难以想象的可怕事情？"然后我意识到，想要知道正确的答案，我就不能继续当我的死人了。我必须重生。

上面刚下了决定，说我将被送往狮心王理查一世的灵魂如今的生活之处：印第安纳州的罗斯沃特。

埃利奥特的黑色电话响了。

"这里是罗斯沃特基金会。我们能如何帮助您？"

"罗斯沃特先生——"一个女人哽咽道，"我是……我是斯黛拉·威克贝。"她呼哧呼哧地喘气，等待他对她自报家门的反应。

"哎呀！你好！"埃利奥特热情地说，"真高兴能听见你的声音！一个多么令人愉快的惊喜啊！"其实他根本不知道斯黛拉·威克贝是谁。

"罗斯沃特先生——我……我从没向你提出过任何要求，对吧？"

"没有——对，你从来没有过。"

"很多人的麻烦比我少得多，却总是来打扰你。"

"我从来不会觉得任何人在打扰我。但你说的也是真的——我见一些人的次数比见其他人多。"举例来说，他和黛安娜·蒙恩·格兰普尔斯打交道的次数太多，都已经不在账本里记录他们的往来了。此刻他碰了碰运气："而我常常想到你不得不承担的可怕重负。"

"天哪，罗斯沃特先生——你真的知道就好了，"她突然号啕大哭，"我们总是说我们是罗斯沃特参议员的人，而不是埃利奥特·罗斯沃特的人。"

"好啦，好啦。"

"无论发生什么，我们都自食其力。我有许多次在街上遇到你，却特地把头转过去，但不是因为我对你有什么意见。我只是希望你知道，我们威克贝家族都是好样的。"

"我理解——而我总是很高兴能听到好消息。"埃利奥特不记得他见过哪个女人在他面前转过头去，而他又很少在镇上乱转，因此不可能给这位绷得太紧的斯黛拉许多机会去对他作出反应。他猜（也猜对了）她住在某条陋巷里，过着极度贫困的生活，很少让自己和她的褴褛衣衫出现在外面，只是想象自己在镇上过着某种生活，而每个人都认识她。假如她在街上遇到过一次埃利奥特，那么这一次就会在她的脑海里变成一千次，每一次相遇都有自己生动的明暗对比。

"今晚我睡不着，罗斯沃特先生——于是我在街上走。"

"而你已经这么做过许多次了。"

"唉，上帝啊，罗斯沃特先生——满月、半弦月，以及完全没有月亮的夜晚都有过。"

"今晚在下雨。"

"我喜欢下雨。"

"我也喜欢。"

"我邻居家的屋子亮着灯。"

"感谢上帝，为了你的邻居。"

"然后我上去敲门，他们让我进去了。然后我说：'要是没人帮忙，我真的连一步都走不下去了。要是我得不到任何帮助，我就不在乎明天还会不会来了。我再也没法当罗斯沃特参议员的人了。'"

"好啦，好啦——呐，呐。"

"于是他们让我上车，送我到最近的电话亭，然后他们说：'你打给埃利奥特，他会帮忙的。'于是我就打给你了。"

"你想现在来找我吗，亲爱的——还是能等到明天？"

"明天。"这几乎是个问句。

"太好了！随便什么时候，亲爱的，你方便就行。"

"明天。"

"明天，亲爱的。明天会是一个特别好的日子。"

"感谢上帝！"

"好啦，好啦。"

"唉——罗斯沃特先生，感谢上帝，为了你！"

· · ·

埃利奥特放下电话。电话铃立刻又响了。

"这里是罗斯沃特基金会。我们能如何帮助您？"

"就从理发和换身新衣服开始好了。"一个男人说。

"什么？"

"埃利奥特——"

"怎么了？"

"你连我的声音都听不出来了？"

"我——对不起——我——"

"真该死，我是你爹！"

· · ·

"天哪，父亲！"埃利奥特叫道，洋溢着爱、惊讶和喜悦，"真高兴能听见你的声音。"

"但你都没听出来。"

"对不起。你知道的——电话多得像洪水。"

"是吗？"

"你是知道的。"

"很遗憾，我确实知道。"

"天哪——说起来，你还好吗？"

"好！"参议员用尖酸的语气挖苦道，"不可能更好了！"

"听你这么说，我太高兴了。"

参议员骂了一声。

"怎么了，父亲？"

"和我好好说话，别好像我是个酒鬼！或者拉皮条的！或者智障洗衣妇！"

"我说什么了？"

"是你那该死的语气！"

"对不起。"

"我能感觉到，你要说，我该就着一杯葡萄酒吃片阿司匹林了。你别给我来居高临下的那一套！"

"对不起。"

"我不需要别人替我付小摩托的尾款。"埃利奥特确实为一名当事人做过这种事。两天后，这位当事人在布卢明顿撞车，害死了他自己和女朋友。

"我知道你不需要。"

"他知道我不需要。"参议员在电话那头对某个人说。

"你——父亲，你听上去非常生气和不快乐。"埃利奥特发自肺腑地关心他。

"会过去的。"

"有什么重要的事吗？"

"都是小事，埃利奥特，鸡毛蒜皮的小事——比方说罗斯沃特家族要绝后了。"

"你为什么会这么想？"

"你别说你让人怀孕了。"

"不是还有罗德岛州的那家人吗？"

"哇，听你这么一说，我忽然好开心。我完全忘记了他们呢。"

"听上去你又在挖苦我了。"

"肯定是因为信号不好。来，埃利奥特，破例给我说点好消息吧。哄这个老东西开心一下。"

"玛丽·穆迪生了对双胞胎。"

"好！太好了！好极了！总算还有人在生儿育女。穆迪小姐给这两位小公民起了什么名字？"

"福克斯克罗夫特和梅洛迪。"

. . .

"埃利奥特——"

"先生？"

"我要你好好看一看自己。"

埃利奥特很听话，在没有镜子的情况下尽可能看了看自己："我在看呢。"

"现在问你自己：'这是在做梦吗？我怎么会落到这么不体面的一个境地？'"

埃利奥特还是很听话，他一点儿都不觉得这么做有什么奇怪的，大声对自己说："这是在做梦吗？我怎么会落到这么不体面的一个境地？"

"如何？你怎么回答？"

"不是在做梦。"埃利奥特答道。

"你难道不希望你在做梦吗？"

"梦醒了会是什么样？"

"会是你能过的生活。你以前过的生活！"

"你要我再去买画捐给博物馆吗？要是我掏出250万美元，买下伦勃朗的《亚里士多德凝视荷马半身像》，你会为我感到自豪吗？"

"别把争论变成荒诞剧。"

"做荒诞事的可不是我。要怪就怪把那种画标出那种价钱的人吧。我给黛安娜·蒙恩·格兰普尔斯看这幅画的照片，她说：'也许我很笨，罗斯沃特先生，但我肯定不会把那玩意儿挂在家里。'"

"埃利奥特——"

"先生？"

"问问你自己，哈佛大学现在会怎么看待你。"

"不需要问。我知道答案。"

"是吗？"

"他们为我疯狂。你该看看他们寄给我的信。"

参议员先生听天由命地点点头，知道他关于哈佛大学的嘲讽话被当真了，也知道埃利奥特说的是实话，因为哈佛大学寄给他的信确实充满敬意。

"毕竟——"埃利奥特说，"老天在上，自从基金会成立以来，我每年都捐给他们30万美元，比钟表还准时。你真该看看他们的信。"

. . .

"埃利奥特——"

"先生？"

"我们来到了一个极具讽刺性的历史时刻，因为印第安纳州的罗斯沃特参议员现在要问他的亲生儿子：'你是或者曾经是共产党员吗？'"

"哦，我有许多恐怕会被称为共产主义者的想法，"埃利奥特直截了当地说，"可是，父亲啊，老天在上，一个人只要和穷人在一起做事，他就不可能不时常想要投向卡尔·马克思——或者至少想要投向《圣经》。我认为这个国家的人们不愿分享东西，已经到了可怕的程度。我认为只有一个没心没肺的政府，才会允许一个婴儿生下来就拥有这个国家的一大块，就像我生下来那样，同时又让另一个婴儿生下来却什么都没有。要我说，一个政府至少可以在婴儿之间做到平均分配。生活已经够艰难了，没必要再让人们为了钱而烦恼得要死。只要我们愿意多分享一些，咱们国家的东西足够让每一个人过上好日子。"

"而你认为这会怎么影响生产积极性呢？"

"你说的是担心没法填饱肚子，没法付医药费，没法给家里人买漂亮衣服，没法住在一个安全舒适、令人愉快的地方，没法接受像样的教育，没法偶尔寻欢作乐吗？你是说因为不知道'金钱河'在哪儿流淌而羞愧吗？"

"什么河？"

"金钱河，国家财富流淌的地方。我们出生在这条河的河岸边——和我们一起长大的绝大多数庸人也是这样，我们和他们一起上私立学校，和他们一起划船和打网球。我们可以畅饮那条万能大河里的东西。我们甚至还会去上畅饮课，这样喝起来才更有效率。"

"畅饮课？"

"教师是律师！是税务顾问！是海关部门！我们在离这条河很近的地方出生，只用水瓢和水桶就能汲取足够我们自己和接下来十代人挥霍的财富。但我们还会雇用专家，教我们如何使用沟渠、水坝、水库、虹吸管、传桶队伍和阿基米德螺旋泵；作为回报，我们的教师发了财，他们的子女也要花钱上畅饮课。"

"我怎么不知道我在畅饮。"

埃利奥特一时间变得没心没肺，因为他在愤怒地思考抽象理论："生来就能畅饮的人永远不会知道。穷人说听见有人在畅饮的时候，他们也无法想象穷人都在说什么。假如有人提到金钱河，他们甚至不会知道那代表着什么。每次我们中的一员声称根本不存在什么金钱河，我就会对自己说：'我的天，这么不诚实和没品位的话，亏你说得出口。'"

. . .

"听你说到品位，还真是让人耳目一新呢。"参议员说得铿锵有力。

"你又要我去听歌剧吗？你要我找个完美的小镇，造一座完美的屋子，然后成天划船，划船，再划船？"

"谁在乎我想要什么呢？"

"我承认我这儿不是泰姬陵。但既然其他的美国人生活得如此狼狈，我难道应该过得那么奢靡吗？"

"要是他们能不再相信金钱河之类的疯狂玩意儿，爬起来去好好工作，生活也许就不会那么狼狈了。"

"假如不存在这么一条金钱河，我今天怎么可能只靠打瞌睡、挠痒和偶尔接电话就能挣1万美元呢？"

"但一个美国人依然能够凭自己的努力发家致富。"

"那当然，前提是有人在他足够年轻的时候告诉他，世上存在一条金钱河，而金钱河不认什么公平正义，他最好赶紧把辛苦工作、绩效制度和诚实守信等屁话全都忘记，立刻奔向那条河的所在之处。'快去找有钱有势的人，'我会对他说，'学习他们的生存之道。他们吃马屁，但也会被吓住。尽可能取悦他们或吓唬他们，这样在某个月黑风高的夜晚，他们就会用手指挡住嘴唇，提醒你别发出任何声音。然后他们会领着你穿过黑暗，走向人类见识过的最宽最深的财富之河。他们会把你在河岸上的位置指给你看，然后给你一个完全属于你的水桶。你可以敞开肚皮畅饮，但在你喝水时请尽量别发出声音，否则就会被穷人听见。'"

参议员先生骂了一句。

"你为什么要这么说呢，父亲？"这是个温和的问句。

参议员又骂了一句。

"我真希望我们每次交谈都不是非要弄得这么刻薄，这么紧张。我是那么爱你。"

又是一阵咒骂，参议员先生快要哭出来了，因此咒骂得愈加激烈。

"父亲，听见我说我爱你，你为什么要骂人呢？"

"你就像站在路口的一个人，手里拿着一卷擦屁股纸，每一小张纸上都写着'我爱你'。每一个人走过，无论是男是女，是什么人，都会得到这么一张纸。我才不想要你给我一张擦屁股纸呢。"

"我没意识到那是擦屁股纸。"

"在你戒酒之前，你是什么都不会意识到的！"参议员先生语不成声地叫道，"我现在让你妻子来听电话。你意识到你已经失去她了吗？你意识到她是一个多么好的妻子了吗？"

. . .

　　"埃利奥特——"西尔维娅的问候声有气无力，怯生生的。这女人的体重还不如一块婚纱。

　　"西尔维娅——"这个声音很正式，有男子气概，但并不平静。埃利奥特给她写过一千封信，打过无数次电话。但在此刻之前，他没有得到任何回应。

　　"我……我知道……知道我的表现很差劲。"

　　"只要你的表现还有人性——"

　　"我难道能没有人性吗？"

　　"不能。"

　　"有人能吗？"

　　"据我所知，没有。"

. . .

　　"埃利奥特——"

　　"什么？"

　　"大家怎么样？"

　　"这儿的？"

　　"随便哪儿的。"

　　"挺好的。"

"我很高兴。"

• • •

"要是……要是我问到具体的人，我会哭的。"西尔维娅说。

"那就别问。"

"尽管医生说我绝对不能再去那儿了，但我依然在乎他们。"

"别问了。"

"有人生孩子吗？"

"别问了。"

"你告诉你父亲有人生孩子了吗？"

"别问了。"

"埃利奥特，谁生孩子了？——我在乎，我真的在乎。"

"我的天哪，别问了。"

"我在乎，但我在乎啊！"

"玛丽·穆迪。"

"双胞胎？"

"当然。"埃利奥特此时揭示了一个事实——他对他为之献身的那些人并不抱任何幻想，"而且他们也会是纵火犯，毫无疑问，毫无疑问。"穆迪家的悠久传统不但有双胞胎，还有纵火犯。

"他们可爱吗？"

"我没见过。"埃利奥特的语气里多了一丝恼怒，这向来是他和西尔维娅之间的私人情绪，"婴儿总归是可爱的。"

"你送礼物给他们了吗？"

"你为什么会认为我还在送礼物？"这指的是埃利奥特的一个老习惯，他会向本县出生的每一个孩子赠送国际商用机器公司的一股股票。

"你已经不送了吗？"

"我还在送。"埃利奥特说，听上去像是厌倦了这么做。

"你似乎很累。"

"肯定是信号不好。"

"说说别的新闻。"

"我妻子要和我离婚，为了她的健康考虑。"

"咱们能跳过这条新闻吗？"这不是一个轻浮的提议，而是充满了悲剧性的。这个悲剧是不可讨论的。

"我一蹦三尺高。"埃利奥特淡然道。

· · ·

埃利奥特喝了一口南方安逸酒，但没有得到安逸。他咳嗽起来，他父亲正好也咳嗽了。这是个巧合，父子二人在不知情的情况下彼此配合，无法控制地以咳嗽对咳嗽，不但西尔维娅听见了，诺曼·穆沙里也听见了。穆沙里在此之前溜出了客厅，在参议员的书房里找到了一部电话分机。他听得两只耳朵都快烧起来了。

"我……我猜我该说再见了。"西尔维娅愧疚地说,眼泪顺着她的面颊淌成了小河。

"那要由你的医生来决定。"

"替我……替我问候所有人。"

"我会的,我会的。"

"告诉他们,我总是梦见他们。"

"这会让他们感到自豪的。"

"恭喜玛丽·穆迪生了对双胞胎。"

"我会的。明天我要为他们施洗。"

"施洗?"这可是新鲜事。

穆沙里翻个白眼。

"我……我不知道你……你还给人施洗。"西尔维娅小心翼翼地说。

穆沙里愉快地从她的声音中听见了焦虑。这个情况在他看来,意味着埃利奥特的发狂不但没有稳定下来,而且还朝着宗教迈出了一大步。

"我推不掉,"埃利奥特说,"她坚持要做,但其他人都不肯上。"

"哦。"西尔维娅放松下来。

穆沙里没有感觉到失望。等到上了法庭,施洗会成为一项绝佳的证据,证明埃利奥特自认为是弥赛亚。

"我告诉她,"埃利奥特说,而穆沙里的脑袋长着"棘齿",

拒绝接受这项证据，"无论你多么能胡思乱想，我都不是一个搞宗教的人。我说我做的事情在天堂那儿是不算数的，但她就是不肯放过我。"

"那你要说什么呢？你要做什么呢？"

"唉——我不知道。"埃利奥特被这个问题问住了，一时间忘了发愁和疲惫，一丝顽皮的微笑爬上他的嘴唇，"我大概会去她的棚屋，往婴儿身上洒几滴水，说：'你们好，婴儿们。欢迎来到地球。这儿夏天热，冬天冷。地球是圆的，湿乎乎的，闹哄哄的。婴儿们，你们顶多能在这儿待一百年左右。婴儿们，我所知道的规矩只有一条——'

"'该死的，你得做个好人。'"

8

那天晚上，埃利奥特和西尔维娅达成协议，三天后的晚上，将在印第安纳波利斯的万豪酒店青鸟厅见面，做最后的告别。对于两个病得如此厉害又彼此相爱的人来说，这么做会带来极其巨大的危险。电话会谈临近结束时，喃喃低语、窃窃私语和孤独的微弱哭声混成了一锅粥，协议就是在这种情况下达成的。

"天哪，埃利奥特，我们应该见面吗？"

"我认为我们必须见面。"

"必须。"她附和道。

"你不认为——那什么——我们必须见面吗？"

"认为。"

"这就是生活。"

西尔维娅摇着头说："唉，该死的爱——这该死的爱。"

"一定会很愉快的。我保证。"

"我也保证。"

"我会去弄一身新衣服。"

"求你了，别那么做——不要为了我。"

"就当是为了青鸟厅吧。"

"晚安。"

"我爱你，西尔维娅。晚安。"

一阵沉默。

"晚安，埃利奥特。"

"我爱你。"

"晚安。我很害怕。晚安。"

· · ·

这次会谈让诺曼·穆沙里忧心忡忡，他把他用来偷听的电话放回底座。西尔维娅不能怀上埃利奥特的孩子，这对他的计划来说至关重要。她的子宫里只要有了孩子，无论埃利奥特是不是疯子，那个孩子都会对基金会拥有坚不可摧的控制权。而穆沙里的梦想是把控制权转给埃利奥特的远房堂兄，罗德岛州匹斯昆特伊特的弗雷德·罗斯沃特。

弗雷德对此一无所知，他甚至不确定自己和印第安纳州的罗斯沃特家有没有血缘关系。印第安纳州的罗斯沃特家之所以会知道他的存在，只是因为麦卡利斯特－罗伯延特－里德与麦吉律师事务所做事细心。他们曾经雇用过一名祖谱专家和一名侦探去调查罗斯沃特这个姓氏下最近的亲戚是谁。在事务所的机密档案里，弗雷德有个厚实的卷宗，就像弗雷德本人的体形，但调查是在私下里完成的。弗雷德连做梦都没想过，他有可能因为财富和荣耀而被窃听电话。

．．．

因此，在埃利奥特和西尔维娅商定见面后的第二天上午，弗雷德觉得自己只是个普通人或连普通人都算不上的一般人，前途实在称不上光明。他走出匹斯昆特伊特药房，阳光照得他眯起眼睛，他做了三次深呼吸，走进隔壁的匹斯昆特伊特报刊店。他是个壮硕的男人，被咖啡和丹麦卷撑圆了肚子。

弗雷德过得穷困潦倒，每天上午待在药房里，寻找兜售保险的机会。药房是有钱人的咖啡馆，而报刊店是穷人的咖啡馆，整个镇子只有他同时在这两个地方喝咖啡。

弗雷德挺着肚子来到报刊店的食品柜台前，朝坐在柜台前的一个木匠和两个水管工粲然一笑。他坐上一个高脚凳，在他巨大的臀部下，座位看上去只有一粒棉花糖那么大。

"咖啡和丹麦卷吗，罗斯沃特先生？"柜台里那个不怎么整洁的傻姑娘说。

"咖啡和丹麦卷听上去不赖，"弗雷德发自肺腑地赞同道，

"像今天这么一个上午，老天在上，咖啡和丹麦卷听上去真的很不赖。"

· · ·

至于匹斯昆特伊特，喜欢这地方的人的发音是"庞伊特"，不喜欢的人的发音是"匹斯昂伊特"[1]。曾经有个名叫匹斯昆特伊特的印第安酋长。

匹斯昆特伊特酋长扎着围裙，和他的族人一样，靠蛤蜊、树莓和野玫瑰果过日子。农业对匹斯昆特伊特酋长来说是新鲜事物。说到新鲜事物，贝壳串珠、羽毛装饰和弓箭对他来说也一样。

酒精是最好的一件新鲜事物。匹斯昆特伊特酋长在1638年喝死了自己。

四千个月后，使他的名字永远流传的村镇居住着两百个非常富裕的家庭和一千个普通家庭，普通家庭都以这样或那样的方式服务富裕家庭来养家糊口。

这里的生活几乎全是琐碎小事，缺乏细腻、智慧、趣味和创新——完全和印第安纳州罗斯沃特县的生活一样毫无意义和不快乐，家族继承的百万美元无济于事，艺术和科学也同样无济于事。

1　前者音同"典当它"（Pawn-it），后者音同"对它撒尿"（Piss-on-it）。

弗雷德·罗斯沃特是个不错的帆船手，上过普林斯顿大学，因此富裕家庭愿意让他进门，然而，以匹斯昆特伊特的标准而言，他贫穷得骇人听闻。他的家是个破旧的小木屋，铺着棕色木瓦，离光鲜的滨海区足有一英里。

可怜虫弗雷德累死累活地工作，但只能时不时地拿几个小钱回家。此刻他正在工作，朝着报刊店里的一个木匠和两个水管工粲然微笑。这三位工人在读一份丑闻小报，这是一种向全国发行的周报，专门报道谋杀、性爱、宠物和儿童——往往是遭受残害的儿童。它名叫《美国调查者》，所谓的"全世界最有活力的报纸"。《美国调查者》之于报刊店，就像《华尔街日报》之于药房。

"看得出来，你们正在和平时一样增长见识呢。"弗雷德说，语气轻快得像是水果蛋糕。

工人见到弗雷德总是既不安又尊敬。他们想对他兜售的东西冷嘲热讽，但他们从心底里知道，他在推销的是向他们敞开大门的唯一的快速致富之路：给自己上保险，然后尽快死掉。而弗雷德胸中的阴暗秘密则是，若是没人会受到如此计谋的诱惑，那他就连一毛钱都挣不到了。他的所有生意都来自工人阶级。他宣称他和隔壁那些玩帆船的大亨一起嬉戏，但那只是在吹牛唬人。这么说能给穷人留下一个印象，让他们以为弗雷德也卖保险给那些狡诈的富人，但这并不是真的。富人的资产管理计划是在遥远的银行和律师事务所里制定的。

"今天有什么海外消息？"弗雷德问。这又是在拿《美国调查者》开玩笑。

木匠举起头版给弗雷德看。一个新闻标题和一个漂亮姑娘的照片占据了整个版面。标题是这样的：

我要一个男人，

他能让我生出

一个天才宝宝！

这姑娘是个歌舞女郎，名叫兰迪·赫勒尔德。

"我很乐意帮这位女士解决她的难题。"弗雷德又轻快地说。

"我的天，"木匠说，歪着脑袋，磨着牙齿，"谁不乐意呢？"

"你以为我说真的？"弗雷德冲着兰迪·赫勒尔德嗤之以鼻，"拿两千个兰迪·赫勒尔德来换我的新娘，我都不会同意！"此刻他蓄意表现得很重感情："另外，我认为你们也不会拿自己的新娘去交换。"在弗雷德眼中，新娘就是能让丈夫给自己上保险的那个女人。

"我认识你们的新娘，"他继续道，"你们只要不发疯，就肯定不会去交换。"他使劲点头："咱们这四个幸运的男人坐在一起，咱们千万不要忘记这一点。咱们有四个完美的新娘，弟兄们，

116

咱们就他妈应该时不时地放下手里的事情，为了她们感谢上帝。"

弗雷德搅着他的咖啡："离了我的新娘，我肯定什么都不是，对此我很清楚。"他的新娘叫卡罗琳。卡罗琳有个不讨人喜欢的胖儿子，也就是可怜的小富兰克林·罗斯沃特。卡罗琳近来经常和阿曼尼塔·邦特兰一起喝酒吃午饭，后者是个有钱的女同性恋。

"我为她做了我能做的一切，"弗雷德大声宣称，"上帝知道这还不够。无论我怎么做，都不可能够。"他的喉咙里有个真正的肿包。他知道那个肿包肯定存在，而且肯定是真的，否则他就不可能卖保险了："但有一件事，甚至连穷人也能为他的新娘做的一件事。"

弗雷德若有所指地翻个白眼。他的死价值42,000美元。

· · ·

当然了，常常会有人问费雷德，著名的罗斯沃特参议员是不是他的亲戚。他谦恭而愚昧的回答大致总是这个意思："我猜终归是有一点儿关系的——但非常非常远了。"和大多数家境一般的美国人一样，弗雷德对他的祖先也一无所知。

他应该知道的情况如下：

罗斯沃特家族的罗德岛州分支源自乔治·罗斯沃特，也就是那位声名狼藉的诺亚的弟弟。内战来临时，乔治招募了一个连队的印第安纳州步枪手，率领他们行军，前去加入近乎传奇的黑帽旅。乔治指挥的队伍里有个人叫弗莱彻·蒙恩，他正是诺亚的替身，罗斯沃特镇上的傻瓜。第二次布尔润战役中，蒙恩被"石壁"杰克逊的炮兵炸成了肉酱。

在向亚历山德里亚撤退的泥泞途中，罗斯沃特上尉抽空给兄长诺亚写了一封信：

> 弗莱彻·蒙恩尽其所能履行了交易中他这一方的职责。假如你对在他身上所做的可观投资这么快就用完了而感到生气，那么我建议你写信给波普将军，要求部分退款。真希望你也在这儿。
>
> 乔治

诺亚对此回信称：

> 我为弗莱彻·蒙恩的遭遇感到难过，但正如《圣经》里所说："生意就是生意。"随信附上几份例行的法律文书请你签字。这些文书将授权我在你归来前管理农场和制锯厂中你的那一半股份，如此等等。老家这儿正在经历极为困苦的时刻——一切都流向了军队。军队若是能说句感谢的话，我也会不胜感激。
>
> 诺亚

到安提塔姆会战的时候，乔治·罗斯沃特已经升任上校，说来奇怪，他两只手的小拇指都告别了他。在安提塔姆，他胯下的战马不幸阵亡，他徒步冲锋，从一名奄奄一息的年轻士兵手中抢过团旗，邦联的霰弹打飞了旗帜，他发现自己手上只剩下了一根破旗杆。他继续冲锋，用旗杆捅死了一个敌人。就在他杀人的时候，他的一名手下扣动了火枪的扳机，却忘记了通条还插在枪管里。爆炸使得罗斯沃特上校终身失明。

· · ·

回到罗斯沃特县的乔治是一位瞎眼的名誉准将。人们发现他乐观得出奇。银行家和律师好心担任他的眼睛，让他签字把一切财产都转给了诺亚，因此他现在已经什么都没有了，然而他的乐观似乎没有减少一分一毫。诺亚凑巧不在镇上，无法亲自向乔治解释清楚。生意要求他大部分时间都必须待在华盛顿、纽约和费城。

"好的，"乔治说，脸上依然除了微笑还是微笑，"就像《圣经》里毫不含糊地教导我们的：'生意就是生意。'"

律师和银行家觉得受到了戏弄，因为这种事对任何一个人来说都应该是终身难忘的经历，而乔治似乎没有从中得到任何教训。有个律师本来盼望着能在乔治狂怒时点出这个道理，此刻尽管乔治笑得非常高兴，他却反而忍不住要给乔治上课了："一个人在签字前应该看清楚他在签什么字。"

"你可以拿你的靴子打赌，"乔治说，"从今往后我一定会的。"

乔治·罗斯沃特从战场上归来时显然不能算是个正常人了，因为假如一个正常人失去了双眼和祖产，他是不可能像这样笑口常开的。另外，一个正常人，尤其还是一位将军和一名战斗英雄，肯定会采取某些激烈的法律手段，迫使他哥哥返还他的财产。但乔治没有发起诉讼。他没有等诺亚回到罗斯沃特县，也没有去东海岸找他。事实上，他和诺亚再也没有见过面或通过信。

他披挂上准将的全套行头，拜访了罗斯沃特县每一个有一个或几个孩子入伍、供他指挥作战的家庭。他赞美他们每一个人，诚心诚意地慰问和哀悼受伤或牺牲的士兵。诺亚·罗斯沃特砖砌的宅邸当时还在修建中。一天早上，工人发现准将的制服钉在正门上，就好像是钉在谷仓大门上风干的一块兽皮。

在罗斯沃特县人看来，乔治·罗斯沃特从此永远失踪了。

· · ·

乔治像流浪汉似的前往东部，但不是为了找到并杀死他的哥哥，而是去罗德岛州的普罗维登斯找工作。他听说那儿要开办一家扫帚厂，由瞎眼的联邦老兵担任员工。

他听来的消息是真的。确实存在这么一家工厂，创立者名叫卡斯托·邦特兰，他既不是老兵也不是瞎子。邦特兰正确地认识到了事情的关键：盲眼的老兵会是非常温顺的雇员。邦特兰本人将作为一名人道主义者而留名青史。北方所有的爱国者都不会去考虑"邦特兰联盟灯塔扫帚厂"以外的任何品牌，至少在战后这几年的时间里必定如此。邦特兰家就是这么开始积累财富的。卡斯托·邦特兰和他患有痉挛症的儿子伊莱休用扫帚厂的利润去做投机生意，成了烟草大王。

. . .

双脚酸痛、和蔼可亲的乔治·罗斯沃特将军来到扫帚厂后，卡斯托·邦特兰写信到华盛顿，证实乔治真的是一位将军，于是他以相当优厚的薪水雇用乔治，让他当工头，用他的名字给工厂制造的小扫帚命名。这个品牌名有一小段时间甚至成了日常谈资，一把"罗斯沃特将军"就是一把小扫帚。

他还给盲眼的乔治配了个十四岁的孤女，她名叫费丝·梅里休，充当他的眼睛和信使。费丝年满十六岁后，乔治娶了她。

乔治生了亚伯拉罕。亚伯拉罕成了公理会的牧师，作为传教士前往刚果，在那里认识了拉维尼娅·沃特斯，并与之结婚。拉维尼娅·沃特斯是一名来自伊利诺伊州的浸礼宗传教士的女儿。

亚伯拉罕在丛林中生了梅里休。拉维尼娅在生产时不幸去世。

小梅里休是由班图奶妈养大的。

亚伯拉罕和小梅里休回到罗德岛州。亚伯拉罕接受感召，来到小渔村匹斯昆特伊特，登上当地公理会教堂的讲坛。他买了一座小屋子，这座屋子附带一百一十英亩贫瘠的沙质林地。地块呈三角形，斜边就在匹斯昆特伊特港的海岸上。

教区牧师之子梅里休成了一名地产商，他把父亲的土地分割成小块地皮出售。他娶了辛西娅·尼尔斯·拉姆福德，后者继承了一小笔财产，他把这笔钱的大部分都花在了铺路、修路灯和下水道上。他挣了一笔钱，但在1929年的股灾中连同妻子的财产一起赔了个精光。

他开枪崩出了自己的脑浆。

不过，他在动手前还是为家族史续写了一章——他生了可怜虫弗雷德，也就是咱们这位卖保险的老兄。

．．．

自杀者的儿子很少有混得好的。

他们的共同特性是总觉得生活缺乏某种活力。他们往往比大多数人更感到自己无所寄托，哪怕在这个以无所寄托而闻名的国家也是如此。他们不关心过去，到了有"洁癖"的地步，他们对未来却有着骇人的盲目信心：他们怀疑自己很可能同样会自杀。

弗雷德无疑也患有这个综合征。除此之外，他还给自己加上了他这个病例独有的痉挛、厌世和倦怠。他听见了父亲自杀的枪声，看见了脑壳被轰掉一大块的父亲，家族史的手稿就摆在父亲的大腿上。

手稿传给了弗雷德，他连一句都没读过，也永远不想去读。手稿被扔在弗雷德住处地下室的一个食品柜顶上，那也是他放老鼠药的地方。

· · ·

说回此刻，弗雷德·罗斯沃特在报刊店里，继续和木匠以及两个水管工谈新娘。"奈德——"他对木匠说，"至少咱俩都为咱们的新娘做了些事情。"多亏了弗雷德，木匠的死价值两万美金。在保险有效的这段时间里，他除了自杀几乎什么都不想。

"另外，咱们可以不用管什么储蓄不储蓄的，"弗雷德说，"全都有人处理了——自动的。"

"没错。"奈德说。

寂静沉重得像是泡水的木头。两个水管工没上过保险，片刻之前还兴高采烈、色欲熏天，这会儿都呆若木鸡了。

"只需要大笔一挥，"弗雷德提醒木匠，"咱们就创造了相当可观的财产。这就是人寿保险的奇迹。这就是咱们至少该为自己的新娘做的。"

水管工滑下高脚凳。见到他们离开，弗雷德并不气馁。现在他们无论去哪儿都会带着内心的愧疚，而他们还会一次又一次地走进这家报刊店。

无论他们什么时候再来，弗雷德都会在店里等着。

"你知道在我这一行里，我感到最满足的时刻是什么吗？"弗雷德问木匠。

"不知道。"

"那就是眼看着一个新娘走到我面前，说：'我真不知道我和我的孩子该怎么感谢你才好，谢谢你为我们所做的一切。上帝保佑你，罗斯沃特先生。'"

9

　　木匠也从弗雷德·罗斯沃特身边溜走了，扔下了他那份《美国调查者》。弗雷德表演了一场精心编排的哑剧，假如有人在观察他，见到的会是一个男人实在没东西可读，他睡眼惺忪，很可能宿醉未醒，就好像还在做春秋大梦，无论手边有什么读物都会拿过来扫一眼。

　　"啊，啊，啊。"他哈欠连天。他伸展手臂，把报纸揽了过来。

　　店里除了他以外似乎只有一个人，就是柜台里的那个女招待。"我说真的——"他对她说，"什么样的白痴会读这种垃圾呢？"

　　姑娘应该老老实实地回答说："正是弗雷德你每个星期从第一版读到最后一版。"可惜她是个傻瓜，没有任何观察能力。"问住我了。"她说。

　　这话就让人没胃口接下去了。

． ． ．

弗雷德·罗斯沃特哼了一声，表示难以置信，他翻到报纸的广告栏，这个栏目名叫《静候佳音》。那里供男人和女人坦陈他们怎么寻求爱情、婚姻和乱来，他们这么做需要付出每行字一块四毛五的代价。

有一条广告是这样的：

> 迷人、活泼的职业女性，四十岁，犹太人，大学毕业，家住康涅狄格州。征求有意结婚的犹太男性，需受过大学教育。欢迎既有子女。《美国调查者》收，L–577信箱。

这条挺可爱。绝大多数都没这么叫爱了。

另一条：

> 美容师，现居圣路易斯，男性，征求怀疑州[1]的其他男性。交换照片吗？

再一条：

1　密苏里州的别名。

现代夫妻，刚迁居达拉斯，希望会见对偷窥照感兴趣的见过世面的夫妻。诚意来信必复，有照必还。

再一条：

男性预科学校教师急需严厉女讲师调教，德国或北欧血统的爱马者为佳。愿前往美国境内任何地点。

再一条：

纽约高级经理人征求工作日下午的伴侣。假正经人士勿扰。

版面边上有一大张印刷表格，邀请读者写下自己的广告。弗雷德有点蠢蠢欲动。

· · ·

弗雷德翻过这一版，阅读内布拉斯加州1933年一起奸杀案的报道。配图是令人厌恶的尸体照片，有资格见到它们的应该只有验尸官。弗雷德读到报道的时候，也就是《美国调查者》号称一千万读者读到该报道的时候，奸杀案的凶手只有三十岁。这份报纸所选的题材是永恒的。卢克雷齐娅·博尔贾[1]随时都会登上耸人听闻的新闻标题。弗雷德在普林斯顿大学只读了一年，他事实上是读《美国调查者》时才得知苏格拉底的死讯的。

一个十三岁的少女走进报刊店，弗雷德立刻把报纸扔到一旁。这姑娘名叫莉拉·邦特兰，是他妻子最好的朋友的女儿。莉拉身材高大，一张马脸上满是疙瘩。她的绿眼睛倒是美得出奇，但眼睛底下有对巨大的黑眼圈。她那张脸颜色斑驳，有灼伤，有晒黑，有雀斑，也有粉红色的嫩皮。她是匹斯昆特伊特游艇俱乐部最具竞争力、技术最娴熟的帆船手。

莉拉怜悯地瞥了弗雷德一眼——因为他穷，因为他的妻子没什么好的，因为他很胖，因为他特别无聊。她大步流星地走向放杂志和书籍的架子，一屁股坐在冰凉的水泥地上，从而躲开了某个人的视线。

弗雷德重新拿起《美国调查者》，看着向他推销各种下流勾当的广告版。他呼吸急促。可怜虫弗雷德对《美国调查者》及其代表的一切有着初中生般的阴暗热情，但缺乏投入其中的勇气，不敢和报纸上的那些信箱号码通信。由于他是自杀者的儿子，因此他内心这点儿令人尴尬的隐秘欲望也就不足为奇了。

1　卢克雷齐娅·博尔贾（1480—1519），罗马教皇亚历山大六世的私生女，瓦伦蒂诺大公爵的妹妹，为了满足父兄的政治目的，前后被出嫁过三次。

＊＊＊

　　一个非常健壮的男人闯进报刊店，他蹿到弗雷德的身旁，动作快得弗雷德都来不及扔掉报纸。"怎么，你这个满脑子下流事的杂种，"新来的男人喜滋滋地说，"居然在看这种打手枪用的卫生纸？"

　　他叫哈利·佩纳，是一名职业渔民。他也是匹斯昆特伊特志愿消防队的队长。哈利在近海设置了两套捕鱼网，那是由木桩和网构成的迷宫，没心没肺地利用了鱼类的愚蠢。每套捕鱼网都是水中的一道长篱笆，一头在岸上，另一头是木桩和网围成的环形陷阱。傻乎乎的鱼儿会在陷阱里一圈又一圈地绕，直到哈利和他那两个魁梧的儿子驾船赶到。他们关上陷阱的大门，把沉在水底的网兜拖上船，操起鱼叉和木锤，开始杀了又杀，杀了又杀。

　　哈利是个罗圈腿的中年人，但长着米开朗琪罗愿意安在摩西或上帝身上的脑袋和肩膀。他并不是从生下来就当渔民的。哈利原来也是干保险的，在马萨诸塞州的匹兹菲尔德推销。一天夜里，在匹兹菲尔德，哈利用含四氯化碳的清洁剂清洁客厅地毯时险些送命。等他恢复神志，医生对他说："哈利，你要么去户外工作，要么就只能等死了。"

　　于是哈利就捡起了他父亲的老本行：放网捕鱼。

哈利用一条胳膊搂住弗雷德肉乎乎的肩膀。他有资格表现得这么亲昵。匹斯昆特伊特有少数几个男人的男子气概不容置疑，他就是其中之一。"哎呀呀，你这个可怜的杂种，"他说，"为什么还要干保险呢？做点像样的事情去吧。"他坐下，点了黑咖啡和金装雪茄。

"怎么说呢，哈利，"弗雷德抿着嘴唇说，做出睿智的模样，"我认为我的保险哲学也许和你的略微有所不同。"

"放屁。"哈利愉快地说。他抢过弗雷德手里的报纸，琢磨着兰迪·赫勒尔德在头版上发出的挑战。"老天在上，"他说，"我给她什么样的娃她就要怀什么样的娃，而且什么时候怀她说了不算，我说了算。"

"说真的，哈利，"弗雷德嘴硬道，"我喜欢保险，我喜欢帮助他人。"

从哈利的反应看不出他有没有听见。他在皱着眉头看一张法国比基尼女郎的照片。

弗雷德明白他在哈利眼中是个性冷淡的乏味人类，他想证明哈利看错了他，便用胳膊肘捅了捅哈利，就像男子汉在交心。"哈利，你喜欢这个？"他问。

"喜欢什么？"

"那姑娘。"

"那不是姑娘。那是一张纸。"

"我看着像个姑娘。"弗雷德·罗斯沃特色眯眯地说。

"那你也太容易上当了，"哈利说，"这是用油墨印在一张纸上的。那姑娘没有躺在这个柜台上，而是在几千英里之外，根本不知道世上有咱们两个人。假如这是个大活人，那我待在家里剪大鱼的照片就能过日子了。"

· · ·

哈利·佩纳翻到《静候佳音》的广告，问弗雷德借笔。

"笔？"弗雷德·罗斯沃特说，就好像他在说外国话。

"你有笔的，对吧？"

"有，我当然有笔。"弗雷德全身上下有九支笔，他掏出一支递给哈利。

"他当然有笔。"哈利大笑。他把下面这段话写在了广告版附带的表单上。

火辣老爹，白种人类，征求火辣老妈，任何种族、任何年龄、任何宗教皆可。目的：一切，结婚除外。愿交换照片。我的牙齿全是真牙。

"你真的要寄出去吗？"弗雷德想登广告和收到几条下流回应

的踊跃心情显而易见得可悲。

哈利在广告底下签名：弗雷德·罗斯沃特，匹斯昆特伊特，罗德岛州。

"非常好笑。"弗雷德说，带着讥讽和尊严从哈利身旁退开。

哈利使了个眼色。"在匹斯昆特伊特算是很好笑了。"他说。

· · ·

弗雷德的妻子卡罗琳也走进了报刊店。她是个挺好看的矮小女人，精神紧张，瘦得皮包骨头，一脸茫然，穿了一身考究的衣服，打扮得像个洋娃娃，这些衣服都是她有钱的女同性恋朋友阿曼尼塔·邦特兰不要的。卡罗琳·罗斯沃特身上的配饰叮当碰撞，闪闪发亮，它们的存在是为了让这些二手衣物看上去真的属于她。她要去和阿曼尼塔吃午饭，所以来问弗雷德要钱。这样她就能有些底气了，等到结账时说不定可以坚持付自己那一份酒菜的钱。

她和弗雷德在哈利·佩纳的注视下交谈，她表现得像个在被提着双腿往前走的同时还要保持尊严的女人。在阿曼尼塔的热心帮助下，她怨恨自己为什么要嫁给一个这么贫穷和无聊的男人。至于她是不是和弗雷德一样贫穷和无聊，她从本质上就无法承认这个可能性。举例来说，她是斐－贝塔－卡帕联谊会的成员，从堪萨斯州道奇城狄龙大学哲学系毕业时就获得了金钥匙奖。她和弗雷德就是在道奇城的一家劳军联合组织里认识的。朝鲜战争期间，弗雷德在莱利堡驻防。她嫁给弗雷德是因为她认为一个人既然住在匹斯昆特伊特，上的又是普林斯顿大学，肯定很有钱。

等她发现这不是真的，感觉大受屈辱。她打心底里相信她是知识分子，但她几乎什么都不懂，有一样东西能解决她这辈子考虑过的所有问题：钱，许许多多的钱。她是个糟糕的主妇，一做家务就要哭，因为她认为她被剥夺了享受好东西的权利。

至于女同性恋，卡罗琳在这方面陷得并不深。她仅仅是个雌性变色龙，企图顺着这个世界的阶梯往上爬而已。

· · ·

"又要和阿曼尼塔吃午饭？"弗雷德哀怨地说。

"不行吗？"

"每天去高级餐厅吃饭，开销也未免太大了。"

"不是每天。一个星期顶多两次。"她暴躁而冰冷地反驳。

"但还是很大的一笔支出啊，卡罗琳。"

卡罗琳伸出一只戴着白手套的手，等他掏钱："你的妻子配得上这一切。"

弗雷德给她钱。

卡罗琳没有对弗雷德说谢谢。她转身就走，钻进阿曼尼塔那辆粉蓝色的奔驰300-SL，挨着香喷喷的阿曼尼塔·邦特兰，坐在黄褐色的皮坐垫上。

哈利·佩纳欣赏着弗雷德那张煞白的脸，他没有发表评论。他点了支雪茄，起身离开，驾着一艘真实存在的船，开进咸咸的大海，和两个真实存在的儿子去捕真实存在的鱼了。

. . .

阿曼尼塔·邦特兰的女儿莉拉坐在报刊店冰冷的地板上，读着亨利·米勒的《北回归线》，她从懒蛋苏珊的书架上拿了两本书，这是其中一本，另一本是威廉·巴勒斯的《裸体午餐》。莉拉对这些书的兴趣是商业性的。她尽管只有十三岁，却是匹斯昆特伊特的头号黄书贩子。

她还做烟火生意，做这门生意的原因和贩卖黄书一样：挣钱。她在匹斯昆特伊特游艇俱乐部和匹斯昆特伊特县私立日校的伙伴们都是人傻钱多，愿意用她开的任何价钱买她卖的任何东西。在一个正常的营业日里，她能把一本七毛五的《查泰莱夫人的情人》卖出10美元，把一颗一毛五的樱桃炸弹卖出5美元。

她的烟火是她和家里人去佛罗里达和香港度假时买的。她的大部分黄书来自报刊店的开架。莉拉知道哪些书有真材实料，比她的玩伴和报刊店的员工都清楚。这些好货一旦放上懒蛋苏珊的书架，她就会以最快的速度买下来。她的交易对象永远是午餐柜台里的那个白痴，这些人忘事比事情发生得还快。

莉拉和报刊店之间的关系极具象征意义，因为书店的前窗里挂着一枚聚苯乙烯材质的鎏金大奖章，由"罗德岛母亲从泥潭中拯救儿童"组织颁发。这个团体的代表会定期来检查书店的平装本书架。聚苯乙烯大奖章能证明她们没有在这儿找到任何淫秽读物。

他们认为自己的孩子是安全的，但事实是莉拉已经垄断了市场。

莉拉无法从报刊店里买到的下流玩意儿只有一种：色情照片。她将弗雷德·罗斯沃特时常暗自渴望的事情付诸行动，从而搞到了这些东西：回复《美国调查者》上的淫秽广告。

· · ·

两只大脚入侵了她在报刊店地板上的童稚世界。这双脚属于弗雷德·罗斯沃特。

莉拉没有把热辣辣的好书藏起来。她继续读下去，就好像《北回归线》只是《少女海蒂》：

> 衣箱敞开着，她的东西和以前一样扔得到处都是。她穿着衣服倒在床上。一次，两次，三次，四次……我担心她会发疯……在床上，在毯子底下，能再次触摸她的身体该多好啊！但能坚持多久呢？这次能一直下去吗？我已经有了预感：不会的。

莉拉和弗雷德时常在书刊之间碰面。弗雷德从不问她在读什么。她知道他会和平时一样，先怀着可悲的渴望注视少女杂志的封面，然后拿起《家居与花园美化》之类厚厚的家务书翻看。此刻他就正在这么做。

"我看我妻子又去和你老妈吃午饭了。"弗雷德说。

"我看也是。"莉拉说。交谈到此结束，但莉拉还在想弗雷德。她的视线与费雷德的小腿齐平。她在想弗雷德的小腿。每次她看见弗雷德穿短裤或泳装，都会注意到他的小腿上遍布疤痕和疮痂，就好像他生活中的每一天都在反复挨踢。莉拉认为，把弗雷德的小腿变成这样的不是缺乏某种维生素就是疥癣。

· · ·

弗雷德的小腿之所以会伤痕累累，真凶是他妻子的家装布局——像精神分裂似的放置小桌，几十张小桌遍布整个屋子。每张小桌上都有自己的烟灰缸和放着餐后薄荷糖的积灰小碟，尽管罗斯沃特家从不招待客人。不但如此，卡罗琳还在不停地改变这些小桌的摆放位置，就好像今天要搞这一种派对，明天要搞另一种酒会。因此，可怜的弗雷德就只好每天被小桌蹭破小腿了。

有一次，弗雷德的下巴破了个大口子，不得不缝了十一针。但那次摔跤并不是因为那些小桌，而是因为卡罗琳从不收起来的一样东西。这东西永远摆在外面，就好像那是一只宠物食蚁兽，喜欢趴在门口或楼梯或壁炉前打瞌睡。

害得弗雷德摔破下巴的东西是卡罗琳·罗斯沃特的伊莱克斯吸尘器。卡罗琳曾经在潜意识里发誓，在她发财之前，绝对不会把这个吸尘器收起来。

. . .

弗雷德认为莉拉不再注意他了，于是放下《家居与花园美化》，拿起一本看上去非常带劲的平装本小说：《半个贝壳上的维纳斯》，基尔戈·特劳特著。封底印着书里一段火辣场景的节选。原文如下：

> 沙尔通行星的玛格丽特女王让袍服滑落在地上，底下什么都没穿。她高耸而坚实、没戴胸罩的乳房骄傲挺立，透着玫红色。她的臀部和大腿仿佛由雪花石膏打造的七弦琴，等待你去弹奏，雪白得像是里面有灯。"你的旅途已经结束，太空流浪者，"她悄声说，情欲使得她嗓音沙哑，"你可以停止寻觅，因为你已经找到了。答案就在我的怀抱里。"
>
> "以上帝发誓，玛格丽特女王，这个答案让我感到荣幸，"太空流浪者答道，他的掌心在大量出汗，"我愿意怀着感激的心情接受。但假如要我对你坦诚相待，那么我不得不告诉你，明天我将再次踏上旅途。"

"但你已经找到你的答案，你已经找到了啊。"她叫道，把他的脑袋按在她芬芳而年轻的双乳之间。

他说了些什么，她没有听清。她把他推到一臂之外："你说什么？"

"玛格丽特女王，我说你给了我一个极好的答案，只可惜它不是我最初要寻找的那个答案。"

封底有一张特劳特的照片。他是个老人，留着黑色大胡子。他看上去像个年迈的惊恐的耶稣，钉死在十字架上的判决改成了无期徒刑。

10

　　莉拉·邦特兰蹬着自行车穿过匹斯昆特伊特一条条压抑而美丽的乌托邦街巷。她经过的每一座屋子都意味着昂贵的梦想变成了现实。没有一个屋主需要工作。他们的孩子同样不需要工作，也不会缺少任何东西——除非有人反叛，不过似乎没人有这个念头。

　　莉拉家漂亮的屋子毗邻海港，是乔治亚风格的。她走进屋子，把新买的书放在门厅里，溜进父亲的书房，确定躺在沙发上的父亲还活着。这是她每天至少要做的事情。

　　"父亲？"

　　上午的邮件放在他脑袋旁小桌上的银托盘里。托盘旁是一杯没碰过的苏格兰威士忌兑苏打水。苏打水的气已经跑完了。斯图亚特·邦特兰还不到四十岁。他是全镇最英俊的男人，有人说他就像加里·格兰特和德国牧羊犬的杂交种。一本价值75美元的书搁在他平坦的腹部上：《内战期间的美国铁路图》，是妻子送给他的礼物。他这辈子狂热喜欢的东西只有一样，那就是美国内战。

"爸爸——"

斯图亚特继续打鼾。他父亲留给他1400万美元，基本上都是靠烟草挣来的。这笔钱放在新英格兰航海银行及波士顿信托公司的信托部里，在这个金钱的水培农场里被搅动、施肥、杂交和变种，自从归于斯图亚特名下后，每年增长80万美元左右。生意似乎相当兴旺。除此之外，斯图亚特对生意就一窍不通了。

有时候，别人非要请他对生意发表观点，他就会斩钉截铁地宣称他喜欢宝丽来。人们似乎觉得他说这种话很有个性——这么一个人居然会如此喜爱宝丽来。事实上，他根本不知道他有没有宝丽来的股份。处理这种事情的是银行，还有麦卡利斯特-罗伯延特-里德与麦吉律师事务所。

"爸爸——"

"嗯？"

"我只是想确定一下你好不好。"莉拉说。

"好。"他说。他对此并不完全肯定。他把眼睛睁开了一条缝，舔舔他干枯的嘴唇："挺好，我亲爱的。"

"你继续睡你的吧。"

斯图亚特继续睡他的了。

· · ·

　　他没有理由睡得不踏实，因为自从他十六岁失去双亲开始，为他打理事务的就是为罗斯沃特参议员打理事务的同一家律师所了。负责照顾他的合伙人是里德·麦卡利斯特。老麦卡利斯特在他最近的一封信里夹寄了一份参考资料。这张宣传单的标题是《朋友在理念战争中的分裂》，由科罗拉多州科罗拉多泉165信箱自由学校的松树传媒出版，此刻被他当作铁路图的书签。

　　老麦卡利斯特总要附赠些变态佬与自由市场的对比材料给他，因为大约二十年前，斯图亚特走进他的办公室，这个眼神狂乱的年轻人宣称自由市场体制是错误的，他想把他的全部家产分给穷人。麦卡利斯特说服了这个鲁莽的年轻人放弃他的念头，但一直担心斯图亚特会旧病复发。那些宣传单是一种预防措施。

　　麦卡利斯特其实不需要操心。无论是醉酒还是清醒，无论有没有宣传单，斯图亚特现在都义无反顾地投向了自由市场体制。他不需要《朋友在理念战争中的分裂》来提醒他，这张宣传单虚构了一封信，由一名保守主义者写给他不自知的密友。因为没这个必要，所以斯图亚特也就没读到宣传单对于社会保险和其他社会福利的接受者的论断了，原文如下：

　　　　我们真的帮助了这些人吗？好好看清楚他们吧。考虑一下这个样本，我们的怜悯造就的正是这样的结果！他们把社会福利当作生活方式，已经传到了第三代，我们要对他们说些什么呢？请仔细观察，我们在过去和现在——甚至在富足的时代——耗费亿万金钱播撒种子，这就是我们收获的东西！

他们现在不工作，以后也不会工作。他们耷拉着脑袋，从不使用大脑，他们既没有尊严，也丧失了自尊。他们完全不可信赖，但不是出于恶意，而是就像漫无目标地闲逛的牲畜。远见和理性的能力由于长期不用而彻底退化。像我这样和他们说话，听他们交谈，和他们一起工作，你会沮丧而惊恐地意识到他们已经失去了人类的全部特性，除了还能双足站立和说话，但即便说话也只会鹦鹉学舌："更多的。给我更多的。我要更多的。"这就是他们习得的所有新思维了……

今天的他们就像一个纪念碑，是对智人的滑稽模仿，是我们误入歧途的怜悯造就的严峻而可怖的现实。他们也是一个活生生的预言，假如我们沿着现在的路线继续走下去，那我们剩下的这些人中有很大一部分也会变成这样。

如此等等。

这些情绪现在对斯图亚特·邦特兰来说，就像煤炭对纽卡斯尔一样遥远。他误入歧途的怜悯早就耗尽了。他对性爱的兴趣也早就耗尽了。实话实说，内战已经填满他的胃口，都快从嘴里冒出来了。

· · ·

二十年前，斯图亚特和麦卡利斯特的那次把他引向保守主义道路的谈话是这样的：

"所以你想当圣人，对吧，年轻人？"

"我不是这么说的，我希望我的话没有暗含这个意思。你们在管理我继承得来、什么都没做就挣到手的那笔钱，对吧？"

"我先回答你的前半个问题：是的，我们在管理你继承得来的那笔钱。至于你的后半个问题，假如你在此之外没有挣过钱，那么从现在开始你会的，你也必须去挣。你出身的家族天生不会在挣钱和发财的道路上失败。我的孩子，你会出人头地的，因为你生来就要出人头地的，那是确凿无疑的。"

"是真是假我不知道，麦卡利斯特先生，咱们走着瞧好了。但现在我想说的是：这个世界充满了苦难，钱在纾解苦难上能做很多事情，而我的财产远远超过了我能用掉的；我想为穷人购买像样的食物、衣服和居所，而且现在就要。"

"等你做完这些，你希望别人怎么称呼你，是'圣斯图亚特'还是'圣邦特兰'？"

"我来这儿不是听你取笑我的。"

"而你父亲在遗嘱中指定我们担任你的监护人，也不是因为无论你说什么我们都会有礼貌地赞同。想当圣人这个话题让你觉得唐突和嘲讽，那是因为我和许多年轻人有过相同的愚蠢的讨论。这家律师所的主要活动之一就是防止委托人表现得像个圣徒。你认为你很特殊吗？不，一点儿也不。

"每年至少会有一个由我们负责管理事务的年轻人闯进我们的办公室，要求散尽家财。他往往刚在一所著名大学念完第一年，何等多姿多彩的一年！他得知世上有人在遭受难以想象的折磨，他得知许多家族的财富来自无法形容的罪恶。这辈子第一次，他被《山上宝训》[1]提醒，身为基督徒自己罪恶深重。

"他迷惘，眼泪汪汪，一肚子怒火！他以空洞的声音喝问，想知道他到底有多少家产。我们告诉他后，他羞愧得发狂，哪怕他的财富来自某门正当而有益的生意，例如胶带纸，例如阿司匹林或工装粗布裤，或者按你的情况，来自扫帚。要是我没弄错，你刚在哈佛大学读完第一年，对吧？"

"对。"

"那是一所伟大的学校，但我也见过它对某些年轻人造成的坏影响。我问自己：'一所大学怎么能只教人同情，但不教历史呢？'邦特兰先生，我亲爱的年轻人，假如说历史教会了我们什

---

1 指的是《圣经·新约·马太福音》第五章到第七章里，耶稣基督在山上所说的话。

么，那么首先一点就是，把财产白白送人不但毫无用处，而且会造成破坏，会让穷人成天哀号，这点钱无法让他们变得富有，甚至没法让他们活得舒服。另外，捐赠者和他的后代会变成哀号的穷人队伍中的普通成员。"

. . .

"邦特兰先生，你手上有这么巨大的一笔个人资产，"在那决定命运的许多年前，老麦卡利斯特继续道，"是一个奇迹，令人激动，非常罕见。你不费吹灰之力就得到了它，因此你几乎没有机会去搞清楚它究竟是什么。为了帮助你理解它为什么是个奇迹，我不得不说一些或许会冒犯你的话。事情是这样的，喜不喜欢由你：你的资产是决定你如何看待自己和其他人如何看待你的最重要的决定性因素。有了这笔钱，你就异于常人了。要是没有它，举例来说，你就不可能占用麦卡利斯特－罗伯延特－里德与麦吉律师事务所的一位资深合伙人的宝贵时间了。

"假如你散尽家财，就会变成一个彻底的普通人，除非你凑巧是个天才。你不是天才，对吧，邦特兰先生？"

"对，我不是。"

"嗯。另外，无论是不是天才，没有钱，你的生活就不可能这么舒适和自由了。不只你本人，你这么做还会迫使你的后代过着憋屈而落魄的生活，若不是他们有个软弱的祖先耗尽了家产，他们本来可以过得富裕和自在。

"紧紧拥抱你的奇迹吧，邦特兰先生。金钱是脱水的乌托邦。正如你们的学者费尽力气要指出的，普罗大众的日子过得像狗一样。但是，由于你的奇迹，生活对你和你的伙伴来说，可以是个天堂！来，让我看见你的微笑！让我看到你已经理解了哈佛大学直到三年级才教的道理：生而富裕和保持财富不犯法。"

· · ·

斯图亚特的女儿莉拉现在上楼回她的卧室了。她母亲为这个房间选择的配色是粉色和霜白色。她的竖铰链窗对着海港，能看见匹斯昆特伊特游艇俱乐部的船只在浮浮沉沉。

"玛丽号"，一艘四十英尺长的工作船，正在毫无风度地冒着烟挤过船队，搅得取乐用的玩物在水中摇来晃去。这些玩物连名字都不太正经，从"鲭鱼""斯卡特纸牌""玫瑰花蕾Ⅱ号""跟我来"，到"红狗"和"邦蒂"，不一而足。"玫瑰花蕾Ⅱ号"属于弗雷德和卡罗琳·罗斯沃特。"邦蒂"属于斯图亚特和阿曼尼塔·邦特兰。

"玛丽号"属于哈利·佩纳，那位放网捕鱼的渔民。这是个灰扑扑的破澡盆子，盖瓦式叠板的船壳，唯一的用途就是在所有天气条件下载着几吨鲜鱼回家。船上有个木头盒子，用来确保新换的克莱斯勒发动机干燥，除此之外就没有东西能遮风挡雨了。舵轮、油

146

门和离合器都装在盒子上。"玛丽号"剩余的部分就是个龙骨裸露的大澡盆子。

哈利正在去收网的路上。曼尼和肯尼,他的两个壮硕儿子,头靠头地躺在船首,有一搭没一搭地嘟囔些下流话。两个小子的身旁各有一根六英尺长的金枪鱼鱼叉。哈利的武器是一把十二磅重的木锤。三个人都扎着橡胶围裙,穿着胶鞋。他们工作的时候会弄得浑身污血。

"别聊怎么搞女人了,"哈利说,"想一想怎么抓鱼。"

"我们会的,老头子,等我们和你一样老的时候。"这个回答饱含深情。

· · ·

一架飞机低飞而来,准备在普罗维登斯机场降落。飞机上有个人正在读《一个保守主义者的良知》,这个人正是诺曼·穆沙里。

· · ·

全世界最大的私人捕鲸鱼叉收藏品,正在一家名叫"鱼梁"的餐厅展出,餐厅在匹斯昆特伊特郊外五英里的地方。这套蔚为壮观的藏品属于一个高大的同性恋,他来自新贝德福德,名叫邦尼·魏克斯。在邦尼从新贝德福德来这儿开餐厅之前,匹斯昆特伊特和捕鲸业从没扯上过任何关系。

邦尼之所以给餐厅起名"鱼梁"，是因为从店南面的双层隔热窗向外看，正好能见到哈利·佩纳的捕鱼陷阱。每张餐桌上都有歌剧院用的那种望远镜，以方便客人欣赏哈利和两个儿子清理渔网。渔民在海里忙碌的时候，邦尼会在餐桌之间穿梭，兴致勃勃地用行话解释他们正在干什么和为什么要那么干。他会一边演讲，一边恬不知耻地对女人动手动脚，但绝对不碰男人。

假如客人想更接地气地参与捕鱼事业，他们可以点一杯竹荚鱼鸡尾酒，这种饮料由朗姆酒、石榴糖浆和蔓越莓果汁调制而成；他们也可以试一试渔夫沙拉，这是由一根剥皮的香蕉，穿过一个菠萝圈，放在冷制的奶油金枪鱼和弯曲的椰子丝搭成的鸟巢上制成。

哈利·佩纳和两个儿子知道沙拉、鸡尾酒和望远镜的存在，但从没去过鱼梁餐厅。他们有时候会对这种非自愿参与餐厅经营的事情做出回应，方法是在船上对着大海撒尿。他们称之为"……给邦尼·魏克斯的韭葱汤加点味道"。

· · ·

鱼梁餐厅有个既华丽又破败的门厅，这里是餐馆的礼品店，邦尼·魏克斯的鱼叉收藏品就放置在礼品店的粗木房椽上。这家店本身有个名字："欢乐的捕鲸人"。店顶上是个积满灰尘的天窗，积灰的效果源自好朋友牌"一喷即净"，喷了但一直没有擦掉。方格房椽和鱼叉位于天窗下，光线把它们的影子投在底下的商品上。邦尼制造出的效果像是真正的捕鲸人把他们的装备储存在了他的阁楼上，浑身散发着鲸脂、朗姆酒、臭汗和龙涎香气味的那伙人随时都会回来取东西。

此刻从鱼叉那纵横交错的影子中走进店堂的正是阿曼尼塔·邦特兰和卡罗琳·罗斯沃特。阿曼尼塔走在前面，为两个人的组合定调，她贪婪而下流地端详着那些货品。说到店里的货品，假如有一个冷冰冰的老娘们儿，她的性无能丈夫刚从滚烫的浴缸里爬出来，店里的货品就能满足她对他的一切要求。

卡罗琳的举止是对阿曼尼塔的无力模仿。阿曼尼塔永远挡在她和似乎值得一看的东西之间，搞得她手足无措。每当阿曼尼塔停止端详某样东西，从它和卡罗琳之间走开时，那东西不知为何就不再值得查看了。当然了，其他的一些因素也搞得卡罗琳手足无措——比方说她丈夫需要工作，人人都知道她那身裙装曾经属于阿曼尼塔，她的包里只有一点儿小钱。

此刻卡罗琳听见自己在说话，声音像是从远方传来："他的品位确实很好。"

"他们的品位都很好，"阿曼尼塔说，"我宁可和他们中的一个去购物，而不是和一个女人。当然了，这会儿我身边的人除外。"

"是什么让他们这么有艺术气息？"

"他们更加敏感，亲爱的。他们像我们。他们会感受。"

"哦。"

邦尼·魏克斯大步流星地走进"欢乐的捕鲸人"，甲板鞋发出咯吱咯吱的声音，像是在用刮板擦地。他身材瘦削，刚过三十岁。他那双眼睛是美国有钱男同性恋的标准装备——犹如廉价宝石、人造的星彩蓝宝石、圣诞树彩灯在背后一闪一闪。邦尼的曾祖父是新贝德福德著名的汉尼拔·魏克斯船长，最终杀死莫比迪克的就是他。他们头顶的房椽上至少有七个铁钩，据说是从那条大白鲸的身上挖出来的。

"阿曼尼塔！阿曼尼塔！"邦尼亲昵地叫道。他搂住阿曼尼塔，紧紧地拥抱她："我的好姑娘怎么样？"

阿曼尼塔大笑。

"有什么好笑的吗？"

"好笑的不是我。"

"我一直盼着今天你会来。我有个小小的智力测验想问你。"他想向她展示一件新商品，让她猜那是什么。他还没有和卡罗琳打招呼，现在不得不这么做了，因为她就站在他和他认为他想找的那件东西之间："请原谅。"

"不好意思。"卡罗琳·罗斯沃特让到一旁。尽管她来鱼梁餐厅至少五十次了，但邦尼似乎永远也记不住她叫什么。

邦尼没能找到他想找的东西，转身换了个地方去找，却发现卡罗琳又挡住了他的去路："请原谅。"

"请原谅。"卡罗琳想给他让路，却被一个精巧的小挤奶凳绊了一下，她摔得单膝跪在凳子上，双手抱住一根立柱。

"我的天哪！"邦尼被她惹恼了，"你没事吧？来！来！"他把她拽起来，反而害得她的脚总从身体底下向外滑，就好像她第一次穿旱冰鞋似的："你没受伤吧？"

卡罗琳狼狈地笑着说："受伤的只有我的自尊心。"

"嘻，亲爱的，让你的自尊心见鬼去吧，"他说，说这话的时候强烈地暗示他也是个女人，"你的骨头怎么样？你的小内脏呢？"

"没事，谢谢你。"

邦尼转过去背对她，继续搜寻。

"你肯定还记得卡罗琳·罗斯沃特吧？"阿曼尼塔说。这个问题既多余又残酷。

"我当然记得罗斯沃特夫人了，"邦尼说，"是参议员先生的亲戚吧？"

"你每次都这么问我。"

"是吗？你每次都怎么回答呢？"

"我认为是……有某种关系……隔得很远……几乎可以肯定。"

"真有意思。知道吗，他要递交辞呈了。"

"是吗？"

邦尼转过来面对她，这次手里多了个盒子："他没告诉你他打算辞职了吗？"

"没有，他——"

"你不和他通信吗？"

"不。"卡罗琳凄惨地说，下巴收了起来。

"我认为他肯定是个非常迷人的通信对象。"

卡罗琳点点头："是的。"

"但你们并不通信。"

"是的。"

・・・

"好了，我亲爱的——"邦尼说，走到阿曼尼塔面前，打开手里的盒子，"这是给你的智力测验。"他从标着"墨西哥制造"的盒子里取出一个大铁皮罐头，罐头去掉了一头，里里外外都贴着鲜艳的墙纸。没打开的一端上粘着一小块圆形花边垫布，垫布上粘着一朵人造莲花。"我敢说你猜不出这是干什么的。要是你说得上来，这件售价17美元的东西就归你了，尽管我知道你的钱多得吓人。"

"我也能猜一猜吗？"卡罗琳说。

邦尼闭上眼睛。"当然。"他厌烦地轻声叹道。

阿曼尼塔立刻放弃了，自豪地宣布她很笨，蔑视测验。卡罗琳正想叽叽喳喳、两眼放光、快活得像只小鸟似的说出她的猜测，但邦尼根本不给她机会。

"这是个放备用厕纸的盒子！"邦尼说。

"我正想说的就是这个。"卡罗琳说。

"现在还是吗？"邦尼无动于衷地说。

"她是个斐－贝塔－卡帕成员。"阿曼尼塔说。

"现在还是吗？"邦尼说。

"是，"卡罗琳说，"尽管我很少提起，也很少想到它。"

"我也一样。"邦尼说。

"你也是个斐－贝塔－卡帕成员？"

"你介意吗？"

"不介意。"

"就俱乐部而言，"邦尼说，"我发现这个俱乐部相当巨大。"

"嗯。"

"小天才，喜欢这东西吗？"阿曼尼塔问卡罗琳，她指的是厕纸盒子。

"喜欢……它……它很漂亮，很可爱。"

"想要吗？"

"17美元？"卡罗琳说，"太讨人喜欢了。"她为自己的贫穷感到哀伤："改天来买吧。改天。"

"为什么今天不行？"阿曼尼塔问。

"你知道为什么今天不行的。"卡罗琳惭愧得脸红了。

"要是我买下来送给你呢？"

"你不能这么做！要17美元呢！"

"你再这么为了钱而愁眉苦脸，我的小鸟，我就只能换个朋友了。"

"我还能怎么说？"

"邦尼，请当礼品包起来。"

"唉，阿曼尼塔，真的非常感谢你。"卡罗琳说。

"你完全配得上它。"

"谢谢。"

"人们总会得到配得上他们的东西，"阿曼尼塔说，"邦尼，你说是不是这样？"

"这是人生的第一法则。"邦尼·魏克斯答道。

· · ·

工作船"玛丽号"这会儿开到了它要拉上甲板的陷阱前，也进入了邦尼·魏克斯的餐馆里的诸多酒客和食客的视野。

"你们给我抄起家伙干活儿吧。"哈利·佩纳招呼正在偷懒的两个儿子。

他熄灭发动机，惯性带着"玛丽号"穿过一个陷阱的大门，进入了固定渔网的长杆围成的圆圈里。

"闻到了吗？"他说。他在问儿子有没有闻到渔网里的那些大鱼。

两个儿子呼哧呼哧吸气，说闻到了。

渔网像个沉在水底下的大肚子，可能网着鱼，也可能没有。网的边缘架在空中，在一根根杆子的顶端之间画出细长的抛物线，只在一个地方没入水中。这个地方就是陷阱的门，同时也是一张大嘴，把或许存在的渔获物吞进渔网的大肚子。

现在哈利进入了陷阱。他从门口的一个系索耳上解开绳子，拽着绳子使劲拉，把渔网的口部拉出水面，然后把绳子重新拴在系索耳上。这下鱼就不可能逃出渔网的大肚子了。对于鱼来说，这就是它们的末日大碗。

"玛丽号"轻轻摩擦大碗的一侧。哈利和两个儿子站成一排，钢铁般的手臂伸进海里，把渔网拽出水面，然后又扔回海里。

三个人一把接一把地收网，鱼的容身之处变得越来越小。就在这块空间进一步缩小的当口，"玛丽号"向着侧面悄悄溜过大碗的表面。

没人说话。这是个魔法时刻。连海鸥都沉默了，望着这三个人抛开所有杂念，一心一意地从海里收网。

· · ·

鱼的容身之处变成了一个椭圆形的小水池。水下的深处像是有无数硬币在闪耀光华，除此之外什么都看不见。三个男人继续劳作，一把接一把地收网。

现在鱼的容身之处只剩下一个弧形的槽沟了，它很深，位于"玛丽号"的侧面。三个男人继续劳作，一把接一把地收网，槽沟随即变得越来越浅。父亲和两个儿子停下了。一条鮟鱇鱼浮出水面，这是个史前怪物，像条十磅重的蝌蚪，身上遍布下疳和肉疣，它张开满是针状利齿的嘴巴，放弃了抵抗。在鮟鱇鱼这团没有大脑、不可食用、长相恐怖的软骨组织[1]周围，海面起伏不定，水下的幽深处还有大家伙呢。

哈利和两个儿子又开始劳作，一把接一把地把渔网拽出水面，又扔回海里。鱼现在几乎没有容身之处了，然而矛盾的是，海面变得平缓如镜。

然后，一条金枪鱼的鱼鳍划破镜面，转瞬消失。

· · ·

没过多久，捕鱼陷阱就成了欢腾而血腥的地狱。八条大金枪鱼搅得海水跌宕起伏，浪花飞溅，它们像子弹似的掠过"玛丽号"，被渔网挡住，掉头再次飞掠。

哈利的两个儿子抓起鱼叉。小儿子把尖头刺进水里，扎穿一条金枪鱼的腹部，鱼这下游不动了，陷入极端痛苦的境地。

鱼顺着船身漂浮，震惊得丧失了活力，它一动也不敢动，生怕

1　原文如此，事实上，鮟鱇鱼是硬骨鱼，味道鲜美。

造成更大的痛苦。

哈利的小儿子使劲一扭鱼叉。这一次的痛苦更加深刻，迫使鱼从尾部直立起来，翻身掉进"玛丽号"的船舱，发出橡胶碰撞般啪的一声。

哈利挥动他巨大的木锤，砸在鱼的脑袋上。鱼立刻不动了。

另一条鱼落进船舱。哈利也给它脑袋来上一木锤——然后又一条，再一条，直到八条大鱼都变成了尸体。

哈利放声大笑，用袖管擦了擦鼻子："真他妈带劲，孩子们！真他妈带劲！"

孩子们也放声大笑。凡人对生活能有多么满足，这三个人就有多么满足。

小儿子把大拇指放在鼻尖上，朝邦尼的餐馆扇了扇巴掌。

"让他们见鬼去吧，孩子们，对不对？"哈利说。

· · ·

邦尼来到阿曼尼塔和卡罗琳的餐桌旁，脚镯叮当作响，他把一只手放在阿曼尼塔的肩膀上，站在那儿没有坐下。卡罗琳从眼前拿开望远镜，说了句令人沮丧的话："这一幕真像生活，哈利·佩纳真像上帝。"

"像上帝？"邦尼觉得很好笑。

"你不明白我是什么意思吗？"

"我相信鱼肯定明白。但我凑巧不是一条鱼，不过我可以告诉你我是什么。"

"算了吧——别在我们吃饭的时候说。"阿曼尼塔说。

邦尼嗦嗦干笑，按照原先的思路说了下去："我是一家银行的董事。"

"这又有什么重要的呢？"阿曼尼塔问。

"我能查到谁破产了而谁没有。另外，假如外面那位真是上帝，那我不得不遗憾地告诉你们，上帝破产了。"

阿曼尼塔和卡罗琳以各自不同的方式表示难以置信，那么一个有男子气概的汉子竟然会遭遇事业失败。两个人叽叽喳喳地议长论短，邦尼抓住阿曼尼塔肩膀的手越来越使劲，直到她叫了起来："你弄疼我了。"

"对不起。我不知道你还会觉得疼。"

"狗娘养的。"

"那我就一不做二不休了。"他又使劲捏了一把，"全都结束了。"他指的是哈利和他的两个儿子。他那只手跳动的压力是想让阿曼尼塔知道，他非常希望她暂时闭上嘴巴，而他暂时要说点正经话了："像样的人已经不再那么讨生活了。外面这三个浪漫主义者与时代不合拍，就像玛丽·安托万内特和她的供奶女仆。等破产清算的流程开始——也许一周，也许一个月，也许一年——他们会发现他们唯一的经济价值就是充当我这家餐馆的活动墙纸。"在此必须赞扬邦尼一句，因为他对此并不高兴："全都过去了，男人靠双手和脊梁讨生活的日子。时代不再需要他们了。"

"哈利这样的男人总会成功的，不是吗？"卡罗琳问。

"不，他们在所有地方都节节败退。"邦尼松开阿曼尼塔。他扫视他的餐馆，邀请阿曼尼塔和他一起这么做，帮他清点宾客。更进一步，他邀请她们和他一样鄙视这些客人。在座的几乎全是财产继承人，几乎全是贪腐和法律的受益者，与智慧和工作从来就没有任何关系。

四个愚蠢而轻浮的胖寡妇，她们身穿毛皮衣服，鸡尾酒纸垫上的厕所笑话逗得她们哈哈大笑。

"你们看，是谁正在成功，已经成功的都是谁。"

11

　　诺曼·穆沙里在普罗维登斯机场租了一辆红色敞篷轿车，驱车十八英里去匹斯昆特伊特找弗雷德·罗斯沃特。穆沙里的雇主以为他在华盛顿的公寓里卧床养病。事实恰恰相反，他的感觉好极了。

　　他一整个下午都没能找到弗雷德，原因说起来并不简单：弗雷德躲在他的帆船上睡觉。每逢天气暖和的日子，弗雷德就经常偷偷这么做。在这种温暖的下午，想说服穷人投人寿保险永远是千难万难。

　　弗雷德会划着游艇俱乐部的小船去他停船的地方，吱呀呀，吱呀呀，他的体重压得出水高度只剩三英寸。然后他会拖着肥硕的身体爬上"玫瑰花蕾Ⅱ号"，在座舱没人能看见的地方躺下，脑袋枕着一件橘红色的救生衣。他会听着浪花拍打船身的声音，索具碰撞的咚咚声和吱嘎声，一只手放下去压住生殖器，觉得他和上帝合为一体，一转眼就坠入了梦乡。到此为止一切都非常美妙。

. . .

邦特兰家有个女仆，她叫塞莱娜·迪尔，知道弗雷德的秘密。她的卧室有一扇窗户正对着那些游艇。她坐在小床上写东西的时候——就像此刻——那扇窗户刚好把"玫瑰花蕾Ⅱ号"圈在里面。她的门虚掩着，这样就能听见电话铃响了。通常每天下午她需要做的工作只有这一件——听见铃响就接电话。然而电话铃很少会响，正如塞莱娜问自己的："它为什么要响呢？"

她今年十八岁，是个孤儿，来自邦特兰家族1878年在波塔基特建立的一所孤儿院。建立孤儿院的时候，邦特兰家族提了三点要求：所有孤儿，无论种族、肤色和宗教，都必须以基督徒的方式养大；每周日晚餐前必须念一遍誓词；每年必须选出一名聪明而纯洁的女性孤儿去邦特兰家中做家务……为的是让她们了解生命中更美好的事物，希望借此激励她们沿着文化和社交礼仪的阶梯向上爬几级。

说到誓词，塞莱娜在六百次非常简朴的晚餐前念过六百遍了，它的作者是卡斯托·邦特兰，倒霉蛋斯图亚特的曾祖父，原文如下：

> 本人在此庄严起誓，我将尊重他人神圣的私人财产，
> 同时我将满足于全能上帝为我在生活中分配的任何位置。
> 我将对我的雇主心怀感激，决不抱怨薪水和工作时长，且

要扪心自问："我还能为我的雇主、我的共和党和我的上帝做些什么？"我了解我来到世间不是为了享乐，而是为了接受试炼。假如我想通过考验，就必须永远无私、永远节制、永远诚实、永远在灵在身和在行上保持贞洁，并尊重上帝以其无尽智慧置于我之上的人。假如我能通过考验，就将在死后升入天堂，享受永世的快乐。假如我失败了，就将在地狱里受煎熬，魔鬼会为此狂笑，而耶稣会为我哭泣。

. . .

塞莱娜是个漂亮的姑娘，弹得一手好钢琴，想成为一名护士。此刻她正在写信给孤儿院的院长，一个名叫威尔弗雷德·帕罗特的男人。帕罗特今年六十岁，一生中做过许多有意思的事情，例如跟随亚伯拉罕·林肯前往西班牙作战，从1933年到1936年为广播剧《蓝色地平线之外》担任编剧。他管理着一家快乐的孤儿院，所有孩子都叫他"老爹"，所有孩子都会做饭、跳舞、演奏某种乐器和绘画。

塞莱娜来邦特兰家一个月了，她应该会待满一年。以下是她写的信。

亲爱的帕罗特老爹：

　　这儿的情况也许会变好，只是我暂时看不到出路。邦特兰夫人和我相处得不怎么好，她总是说我不知感恩和没有礼貌。我并不是存心的，但也许我真的那么做了。我只希望她对我的反感不至于使她厌恶孤儿院。我最担心的其实是这个。我会更加努力地践行誓言。问题总是出在她从我眼睛里看到的情绪，但我没法让我的眼睛不流露出情绪。她说了某些话或做了某些事，我觉得她愚蠢、可鄙或其他什么，尽管我没有说出来，但她看见我的眼神就会开始生气。有一次她对我说，音乐是她生活中第三重要的东西，仅次于她的丈夫和女儿。他们家里到处都有扬声器，全接着前厅衣橱里的一台大唱机。家里从早到晚都在播放音乐，邦特兰夫人说她最快乐的一件事就是每天开始时选出一套音乐节目，然后把唱片装在自动换片架上。今天上午，从扬声器里传出来的音乐和我听到过的一切音乐都不一样。它很吵，节奏很快，而且一抽一抽的，邦特兰夫人跟着曲调哼哼，脑袋摆来摆去，向我显示她有多么热爱这音乐。我都快被逼疯了。然后她的好朋友罗斯沃特夫人来了，她也说她有多么热爱这音乐。她说有朝一日等她过上了好日子，也会从早到晚沉浸在音乐里。最后我终于崩溃了，问邦特兰夫人这到底是什么。"咦，我亲爱的孩子，"她说，"这当然是不朽的贝多芬了。""贝多芬？"我说。"你难道从没听过贝多芬吗？"她问我。
"听过，夫人。帕罗特老爹在孤儿院里经常播放贝多芬，
但听起来不是这样的。"于是她领我去放唱机的地方，
说："很好，我会向你证明这就是贝多芬。我在换片架上
只装了贝多芬。我经常去参加贝多芬音乐会演的。""我
也热爱贝多芬。"罗斯沃特夫人说。邦特兰夫人叫我去看
换片架，告诉她上面究竟是不是贝多芬。确实是的。她把
九部交响乐全都装进了换片架，但这个可怜的女人把唱机
拨到了七十八转而不是三十三转上，而她根本听不出差
别。我告诉了她，老爹。我必须告诉她的，对不对？我说
得非常有礼貌，但我的眼神肯定露馅了，因为她忽然暴跳
如雷，命令我滚出去，去清扫车库里面司机使用的厕所。
事实上，这个活儿并不怎么脏。他们好几年不雇司机了。

$\cdot\ \cdot\ \cdot$

　　还有一次，老爹，她带我乘着邦特兰先生的大摩托艇
去看帆船比赛。是我求她带上我的。我说匹斯昆特伊特似
乎人人都在谈论帆船比赛。我说我想去看看它究竟有什么
了不起的。那天有她女儿莉拉的比赛，莉拉是全镇最优秀
的帆船手。你该看看她赢得的那么多奖杯，那是家里的主
要装饰品。这儿没什么值得一提的画。有个邻居有一幅毕

加索的画，但我听到他说他宁可有一个能像莉拉那样驾驶帆船的女儿。我不认为这两者有什么区别，但我没有说出口。请相信我，老爹，我心里的话我连一半都没说出口。总之，我们出门去看那场帆船比赛了，真希望你能听见邦特兰夫人是怎样叫喊咒骂的。你记得亚瑟·贡萨尔维斯是怎么说话的吧？邦特兰夫人的用语连亚瑟都会觉得新奇。我从没见过一个女人能变得这么兴奋和疯狂。她完全忘了我在她身旁。她看着像个得了狂犬病的亚婆。你会以为宇宙的命运就由这些小白船里晒得黝黑的孩子决定了。后来她总算想起了我，意识到她说了些不太体面的话。"你必须要理解大家这会儿为什么这么激动，"她说，"莉拉的两只脚都踩在司令杯上了。""哦，"我说，"这就能解释一切了。"我对天发誓，老爹，我只说了这么一句，但我的眼神肯定又露馅了。

老爹，这些人最让我烦恼的并不是他们有多么无知和多么喜欢酗酒，而是他们内心的信念，他们认为世上美好的东西都是他们或他们的祖先赐给穷人的礼物。我来这儿的第一天下午，邦特兰夫人叫我去后门廊上看日落。我去了，我说我非常喜欢，但她还在等我继续说些什么。我想不出我还能说什么，于是说了一句似乎很蠢的话。"非常感谢你。"我说。这正是她想听见的。"完全不需要客气。"她说。从那以后，我不停地感谢她，为了大海和月亮，为了天上的星辰和美国宪法。

也许我心眼太坏，脑子太笨，无法领悟匹斯昆特伊特事实上是多么美好。也许这就是所谓的珍珠投于猪[1]吧，但我就是想不通。我想家了。尽快写信来。我爱你。

塞莱娜

又及：究竟是谁在管理这个疯狂的国家？反正肯定不是这些变态佬。

为了消磨下午的时光，诺曼·穆沙里开车去纽波特，花了两毛五参观著名的拉姆福德宅邸。说到参观，有一点稀奇的是拉姆福德一家依然住在宅邸里，目光灼灼地盯着每一位游客。更有甚者，他们根本不需要挣这点参观费，真是天晓得他们图什么。

身高六英尺八英寸的兰斯·拉姆福德哼哼唧唧地嗤笑他，这让穆沙里觉得受到了莫大的冒犯，他向带他游览的家族仆人抱怨。穆沙里说："既然他们这么厌恶公众，就不该邀请游客进门，还要收他们的钱。"

这番话没能赢得仆人的同情，他以尖酸的宿命论语气解释说，庄园每五年才向公众开放一天，这是三代前的一份遗嘱规定下来的。

1　引自《马太福音7：6》，来自耶稣的《山上宝训》，他对群众说："不要把圣物给狗，也不要把珍珠丢在猪前，因为猪会把珍珠践踏。而狗则会转过头来，向你们狂噬。"

"为什么遗嘱里会提到这个？"

"庄园的创始人认为，住在这些高墙内的居民定期采样观察偶然来自高墙外的人群有很多好处。"他上下打量穆沙里，"不妨称之为与当前潮流保持一致。明白吗？"

穆沙里离开庄园的时候，兰斯·拉姆福德大步流星地追上来。他以一副猎食动物的友好模样，居高临下地俯视矮小的穆沙里，解释说，他母亲自认特别擅长看人，她猜测穆沙里曾经在美国步兵团服役。

"没有。"

"真的吗？她很少会出错。有一点她说得尤其明白：你当过狙击手。"

"没有。"

兰斯耸耸肩："假如不是这辈子，那就是上辈子吧。"他又嗤嗤一笑，哼哼唧唧。

. . .

自杀者的孩子常常会在一天结束时考虑自我了断，因为这时候他们的血糖最低。弗雷德·罗斯沃特下班回家的时候就是这样。走进客厅的拱门，他险些被放在那儿的伊莱克斯吸尘器绊倒，他敏捷地跨出一大步，勉强保持住平衡，在一张小桌上磕破了小腿，把桌上的薄荷糖碰到了地上。他四肢着地趴在地上，把薄荷糖捡了起来。

他知道妻子在家，因为阿曼尼塔当生日礼物送给她的电唱机正在播放。她只有五张唱片，五张都放在换片架上了。它们是她参加一个唱片俱乐部的入会礼物。她费了九牛二虎之力才从一百张唱片的单子里选出五张。她最终选择的五张分别是弗兰克·辛纳特拉的《来和我共舞》、摩门圣殿合唱队的《我们坚强的堡垒是上帝，及其他圣歌选》、苏联红军合唱团的《去蒂珀雷里的路山高水远及其他》、伦纳德·伯恩斯坦指挥的《新世界交响乐》和理查德·伯顿朗诵的《迪伦·托马斯诗歌》。

弗雷德捡薄荷糖的时候，唱机正在放伯顿朗诵的那张唱片。

弗雷德站起来，晃了一下。他耳朵里嗡嗡响，眼前直冒金星。他走进卧室，发现妻子穿着全套行头躺在床上睡觉。她喝醉了，装了一肚子鸡肉和蛋黄酱，每次她和阿曼尼塔吃过午饭回来总是这样。弗雷德蹑手蹑脚地走出卧室，考虑去地下室找根水管吊死。

但他又想到了儿子。他听见马桶冲水的声音，因此小富兰克林肯定在卫生间。他走进富兰克林的卧室等儿子回来。整个屋子里只有这个房间能让弗雷德真正感到舒服。窗帘拉着，这有点奇怪，因为少年没有理由要把白昼最后的光线挡在外面，而附近也没有邻居能往窗户里偷窥。

房间的光线完全来自床头柜上一盏新奇的台灯。灯座上是个铁匠高举铁锤的石膏小雕像。铁匠背后有一块橘红色的毛玻璃。毛玻璃背后是一个电灯泡，灯泡上方有个铁皮小风车。灯泡加热的空气向上升起，推着风车转动。风车叶片的光亮表面在转动时使得照在橘红色玻璃片上的光线一闪一闪的，看上去就像是真正的火焰。

这盏台灯的由来有个故事。台灯已经有三十三年的历史了。制造这种台灯的公司是弗雷德之父的最后一次投机。

· · ·

弗雷德考虑大量服用安眠药，但又想到了儿子。他扫视这个光线怪异的房间，想找点东西和少年聊聊，他看见枕头底下露出了一张照片的一角。弗雷德抽出照片，心想照片里多半是某个体育明星，或者是弗雷德本人手握"玫瑰花蕾Ⅱ号"的舵轮。

但那是一张色情照片，当天上午小富兰克林从莉拉·邦特兰手中买下了这张照片，用的是他送报纸挣来的钱。照片里是两个痴笑的肥胖裸体妓女，其中一个正企图和一匹高贵体面、毫无笑容的设得兰矮种马完成难以想象的性交。

· · ·

弗雷德感到既恶心又困惑，把照片揣进口袋，踉跄着走进厨房，心想：老天在上，我还能说什么呢？

关于厨房，找一把电椅放在这儿也不会显得突兀。这是卡罗琳想象中折磨人的地方。厨房里摆着一棵喜林芋，它已经干渴而死。水槽上的肥皂盘里是个色彩斑斓的肥皂球，那是把许多块肥皂碎打湿后压在一起做成的。用肥皂碎做肥皂球是卡罗琳带进他们婚姻的唯一的持家手艺。这是她母亲教会她的。

弗雷德考虑在浴缸里放满热水，躺进去用不锈钢剃刀割破手腕。刚想到这儿，他看见角落里的小塑料垃圾桶满了，他知道等卡罗琳从醉酒中醒来，发现没人把垃圾拿出去，她一定会闹得歇斯底里。于是他拎着垃圾桶去车库倒空，然后用屋子侧面的水龙头冲洗干净。

"哗啦——哗啦——哗啦——咕咚——"垃圾桶里的水唱着。弗雷德注意到有人忘了关地下室的灯，他从采光井的积灰小窗往里看，看到了果冻柜的顶部。他父亲写下的家族史就被扔在那儿——弗雷德连一眼都不想看的那部家族史。那儿还有一罐耗子药和一把锈死了的"点三八"口径左轮手枪。

这是一幅很有意思的静物画。不过弗雷德很快就发现它并不是完全静止的——有一只小老鼠在啃手稿的一角。

弗雷德敲敲窗户。老鼠犹豫起来，前后左右看了一圈，唯独没看到弗雷德，然后继续啃手稿。

弗雷德走进地下室，从架子上取下手稿，想知道受损情况是否严重。他吹掉封面上的灰尘，封面上写着：《罗德岛州罗斯沃特家族的历史》，梅里休·罗斯沃特著。弗雷德解开捆扎手稿的细绳，翻到第一页，读道：

罗斯沃特家族在旧世界的故居位于康沃尔海边的锡利群岛上，过去如此，现在依然如此。该家族的创始人名叫约翰，于1645年抵达圣玛丽岛，他是时年十五岁的查尔斯王子的随从之一，王子正在躲避清教徒革命，后来成为查尔斯二世。罗斯沃特这个姓氏当时只是个化名。在约翰为自己选择这个姓氏之前，英格兰并不存在罗斯沃特家族。他的真名是约翰·格雷厄姆，是蒙特罗斯伯爵五世和侯爵一世詹姆斯·格雷厄姆五个儿子中最小的一个。他有必要给自己起个化名，因为詹姆斯·格雷厄姆是保皇党领袖，而保皇党失败了。詹姆斯有过诸多浪漫的骑士冒险，其中一次他隐姓埋名前往苏格兰高地，组织了一支精悍的小军队，率领他们在血战中六次战胜兵力远强于他们的阿盖尔伯爵三世阿奇博尔德·坎贝尔的长老会军队。詹姆斯还是一位诗人。因此每个罗斯沃特家族成员实际上都是一个格雷厄姆，拥有苏格兰贵族的血统。詹姆斯于1650年被绞死。

可怜虫老弗雷德不敢相信自己的眼睛，他竟然和一个成就如此辉煌的历史人物有着血缘关系。说来也巧，他正好穿着一双阿盖尔短袜，他不由得提起裤子端详了一番。阿盖尔对他来说有了全新的意义。他对自己说，你的一名祖先曾经六次痛揍阿盖尔伯爵。弗雷德还注意到他的小腿在小桌上磕得比他想象中更严重，血已经淌到了阿盖尔短袜的袜口。

他继续读道：

约翰·格雷厄姆在锡利群岛上重新给自己起名为约翰·罗斯沃特，他显然认为此处气候宜人，和他的新姓氏相得益彰，因为他在此处度过了余生，诞下了七个儿子和六个女儿。据说他也是诗人，可惜他的作品没有一篇流传至今。要是我们能读到他的一些诗作，也许就可以给我们解开一个长久的不解之谜了：为什么一名贵族会放弃他的好姓氏和这个姓氏代表的一切特权，满足于在一个远离财富和权势中心的小岛上过着简朴的农民生活。我可以猜测，但也只能猜测，他在和他兄弟并肩战斗的过程中见到了许多血腥的景象，他因此产生了厌恶情绪。总而言之，他没有费心把他的下落告诉家族，在保皇党复辟后也没有恢复格雷厄姆的姓氏。根据格雷厄姆家族史的记载，他是在护卫查尔斯王子渡海时失踪的。

弗雷德听见卡罗琳在楼上呕吐。

约翰·罗斯沃特的第三个儿子弗雷德里克是罗德岛州罗斯沃特家族的直系祖先。我们对他几乎一无所知，只知道他有个儿子叫乔治，是罗斯沃特家族第一个离开群岛的人。1700年，乔治来到伦敦，成为一名花商。乔治有两个儿子，小儿子约翰于1731年因欠债而入狱。1732年，詹姆斯·E.奥格尔索普释放他，并为他偿清了债务，条件是约翰参加奥格尔索普前往佐治亚的远征队。约翰将担任远征队的首席园艺专家，他们计划种植桑树和养蚕。约翰·罗斯沃特同时还会担任首席建筑师，规划了日后的萨凡纳市。1742年，约翰在英国人与西班牙人的血腥沼泽战役中受了重伤。

读到他血肉的来源竟然如此足智多谋和骁勇善战，弗雷德简直欣喜若狂，他必须立刻把这一切告诉妻子。但他连一秒钟都没想过要把这本圣书拿给妻子看，圣书必须留在神圣的地下室里，她必须下来拜谒。

就这样，他从妻子身上剥掉了床罩，这无疑是两人婚姻中最放肆大胆、最伤风败俗的色情行为。他告诉妻子，他真正的姓氏是格雷厄姆，说他的一名祖先规划了萨凡纳市，说她必须和他一起下楼去地下室。

· · ·

她睡眼惺忪地迈开沉重的步伐，跟着弗雷德走下楼梯，他指着手稿，扯开让人心烦的大嗓门，大致讲述了罗德岛州这支罗斯沃特的家族史，直到血腥沼泽战役为止。

"我想说明的最重要的一点是，"他说，"我们是有身份的。我受够了，也厌倦了假装我们不是无名小卒。"

"我从没假装过我们不是无名小卒。"

"你一直在假装我不是无名小卒。"这是一句大胆的实话，几乎是他不假思索说出来的，它的真实性让两个人都震惊不已。"你明白我是什么意思。"弗雷德说。他继续说了下去，但说得磕磕绊绊，因为他进入了一种陌生的状态：他竟然有尖酸刻薄的话可以说，而他竟然不是被数落的那一方。

"那些假模假样的杂种，你以为他们特别了不起，但比起我们——比起我——我倒想看看，他们能拿得出几个祖先能和我的祖先相提并论。我一向认为喜欢吹嘘家谱的人都傻乎乎的——但是，老天在上，如果有人非要比一比，我会非常乐意让他们见识一下我的家谱！咱们可以不用总是道歉了！"

"我不明白你在说什么。"

"其他人会说'你好'和'再见'，但咱们无论干什么，总是说'对不起'。"他挥动双手，"不用再道歉了！我们就是很穷！没错，我们很穷！这里是美国！但是在这个倒霉的世界上，美国是人们不需要为了贫穷而道歉的地方。你在美国应该问的是：'他是个好公民吗？他诚实吗？他有没有付出他全部的努力？'"

弗雷德用他胖乎乎的双手抓起手稿，恐吓可怜的卡罗琳。"罗德岛州的罗斯沃特家族过去是活跃而有创造力的，未来也将会是的，"他对她说，"有些人有钱，有些人没钱，但老天在上，他们都在历史上扮演了自己的角色！不需要再道歉了！"

他把卡罗琳拉进了他的思想轨道，这是一个有激情的人总是很容易就能做到的事。她在惊恐和敬畏中兴奋起来。

"你知道华盛顿的国家档案馆门上写着什么吗？"

"不知道。"她承认。

"'过去只是序曲！'"

"噢。"

"没错，"弗雷德说，"现在咱们一起来读一读罗德岛州罗斯沃特家族的历史吧，同时用一点共同的尊严和信念来巩固咱们的婚姻。"

她傻乎乎地点头。

· · ·

约翰·罗斯沃特在血腥沼泽战役中的经历结束于手稿的第二页。于是弗雷德用大拇指和食指拈住那一页的一角，装模作样地掀开，让底下的奇迹重见天日。

但手稿被蛀空了，白蚁吃掉了家族史的核心。白蚁还在里面狼吞虎咽，蓝灰色的幼虫仿佛蝇蛆。

卡罗琳迈着沉重的步伐爬上楼梯，厌恶使得她浑身发抖。弗雷德冷静地劝告自己：现在你真的可以去死了。弗雷德蒙着眼也会打绞刑结，此刻他用晾衣绳打了一个。他爬上一只凳子，用晾衣绳的另一头在一根水管上打了个双半结，然后用力试了试。

他正在把绳结往脖子上套的时候，小富兰克林从楼梯口向下喊，说有人找他。这个人正是诺曼·穆沙里，他自作主张地走下楼梯，手里的公文包鼓鼓囊囊得都合不上了，用两根系带交叉扣住。

弗雷德飞快地下来，险些丢了面子，被人逮住他正在自我毁灭。

"你是？"他问穆沙里。

"罗斯沃特先生？"

"对。"

"先生——就在此时此刻，你的印第安纳州亲戚正在以欺诈手段剥夺你与生俱来的权利，让你无缘得到数以千万计的金钱。我来是为了告诉你，通过一个相对便宜和简单的法律行动，就能让那几千万美元成为你的。"

弗雷德昏了过去。

12

两天后，埃利奥特差不多该去锯城坎迪厨房，乘灰狗巴士前往印第安纳波利斯，与西尔维娅在青鸟厅会面了。正午时分，他还在酣睡。他这一夜过得很糟糕，不仅接了许多个电话，而且还有人不分昼夜地亲自来找他，他们中的一半都喝得烂醉。罗斯沃特镇一片惶恐。无论埃利奥特否认多少次，他的当事人都确信他要一去不返了。

埃利奥特清空了桌面。此刻摆在桌上的是一身崭新的蓝色正装、一件崭新的白色衬衫、一条崭新的蓝色领带、一双崭新的黑色尼龙袜、一条崭新的平角短裤、一把崭新的牙刷和一瓶漱口水。新牙刷他已经用过了一次。他的口腔简直是车祸现场。

狗在外面汪汪叫。它们从消防站穿过马路，去迎接它们最喜欢的一个伙伴：德尔伯特·皮奇，镇上的酒鬼。它们为他不愿做人宁愿做狗的不懈努力而欢呼。"滚！滚！滚！"他毫无用处地叫道，

"真该死，我这会儿没那个心思。"

他跌跌撞撞地走进埃利奥特临街的大门，把他最好的朋友们关在门外，唱着歌爬上楼梯。他唱的歌是这样的：

> 我有淋病，还蛋疼。
>
> 淋病不难受，蛋疼真要命。

德尔伯特·皮奇，他毛发蓬乱，浑身发臭，楼梯爬到一半就唱不下去了，因为他爬得实在很慢。于是他改唱《星条旗永不落》。到他真正走进埃利奥特的办公室时，他一边喘息，一边打嗝，一边还哼着歌。

"罗斯沃特先生？罗斯沃特先生？"埃利奥特用毯子蒙着脑袋，尽管他睡熟了，但两只手还是紧紧抓着这块裹尸布。为了看到埃利奥特那张深受爱戴的脸，皮奇不得不战胜这双手的力量："罗斯沃特先生——你还活着吗？你没事吧？"

争抢毯子扭曲了埃利奥特的面容。"什么？什么？什么？"他的眼睛睁开了，瞪得很大。

"感谢仁慈的上帝！我梦见你死了。"

"据我所知，还没有。"

"我梦见天使从天而降，抬着你飞上去，把你放在敬爱的耶稣旁边。"

"没有，"埃利奥特昏沉沉地说，"没发生过这种事。"

"迟早会发生的。到时候你在天上也能听见镇子里的哭喊声。"

埃利奥特衷心希望他在天上听不见哭喊声，但他没有说出口。

"尽管你没死，罗斯沃特先生，但我知道你再也不会回来了。你要去印第安纳波利斯，享受那儿的刺激、灯光和漂亮的大楼，你会重新尝到高级生活的味道，你会渴望每天都那么过日子，任何人只要体验过你的那种高级生活就自然会这样。然后再一转眼，你发现你已经来到了纽约，过着那儿最高级的生活。你有什么理由不去呢？"

"皮奇先生——"埃利奥特揉着眼睛说，"要是我不知怎的去了纽约，开始过有可能存在的最高级的生活，你知道我会怎么样吗？我只要接近任何一个能走船的小河沟，一道闪电就会把我劈进水里，一条鲸鱼会把我吞下去，鲸鱼会往南游到墨西哥湾，然后沿着密西西比河往上走，逆流游上俄亥俄河，再游上瓦伯什河，游上白河，游上洛斯特河，游上罗斯沃特溪。然后这条鲸鱼会从小溪跳进罗斯沃特州际航运运河，沿着运河游到咱们镇上，把我吐在帕特农神庙里。然后我就回家了。"

· · ·

"无论你还回不回来，罗斯沃特先生，我都要告诉你一个好消息，当作临别礼物送给你。"

"是个什么好消息，皮奇先生？"

"十分钟之前，我发誓戒酒了。这就是我要给你的礼物。"

· · ·

埃利奥特的红色电话响了。他扑过去，因为那是消防队的热线。"请讲！"他收起左手的四根手指，只竖起一根中指。这不是一个下流的手势，而是准备用这根手指按下红色按钮，消防站屋顶上的审判日号角就会随即震响。

"罗斯沃特先生？"是个女人的声音，而且还羞答答的。

"对！对！"埃利奥特急得上蹿下跳，"哪儿着火了？"

"我心里，罗斯沃特先生。"

埃利奥特顿时暴怒，他这么生气，任何人都不会觉得奇怪，因为他出了名的憎恨别人拿消防队开玩笑。这是他唯一憎恨的一件事。他听出了来电者的声音，那是玛丽·穆迪，昨天他刚刚给这个荡妇的双胞胎做过施洗。她是纵火嫌疑犯，是被判过刑的商店窃贼，是5美元一次的妓女。埃利奥特痛斥她滥用热线。

"上帝会因为你打这个号码诅咒你的！你该进监狱，在监狱里烂死！占用消防队热线打私人电话的蠢猪都该下地狱，永远受煎熬！"他恶狠狠地摔上电话。

几秒钟后，黑色电话响了。"这里是罗斯沃特基金会，"埃利奥特甜甜地说，"我们能如何帮助您？"

"罗斯沃特先生——还是我，玛丽·穆迪。"她在啜泣。

"亲爱的，到底遇到什么麻烦了？"他真的完全不知道。无论害她哭的是谁，他都准备好了去宰掉那家伙。

. . .

一辆由司机驾驶的黑色克莱斯勒皇帝轿车开到埃利奥特房间的两扇窗户下，在路边停稳。司机下车打开后车门。印第安纳州的利斯特·埃姆斯·罗斯沃特参议员钻出车门，年迈的关节害得他疼痛难当。他不告而来。

他爬上吱嘎作响的楼梯。这种颤颤巍巍的走法可不符合他过去的风格。他衰老得惊人，想让儿子看清楚他衰老得惊人。他做了很少有访客会做的事情：敲了敲埃利奥特办公室的门，问他方不方便进来。埃利奥特依然穿着他那件气味芬芳的战时剩余长内衣，快步走到父亲面前拥抱他。

"父亲，父亲，父亲——多么美妙的一个惊喜。"

"我来这儿可不容易。"

"希望不是因为你觉得我会不欢迎你。"

"我无法忍受见到这个乱糟糟的房间。"

"但肯定已经比一个星期前好得多了。"

"是吗？"

"一个星期前我们里里外外打扫了一遍屋子。"

参议员皱起眉头，用脚尖踢了踢一个啤酒罐。"希望不是为了迎接我，也不是担心会暴发霍乱。"他这话说得很平静。

"我相信你是认识德尔伯特·皮奇的，对吧？"

"我知道这个人。"参议员点点头，"皮奇先生，一向可好？我当然很熟悉你的服役记录。当了两次逃兵，对吧？还是三次？"

陡然见到这么一位大人物，皮奇吓得缩手缩脚，低声下气，他嘟嘟囔囔地说他从未在武装部队里服过役。

"那就是你父亲。对不起。一个人如果很少洗脸和刮胡子，那就很难看出他的年龄了。"

皮奇用沉默承认当过三次逃兵的很可能就是他父亲。

"不知道咱们能不能单独待几分钟？"参议员对埃利奥特说，"还是说那么做有悖于你对我们社会应该多么公开和友好的信念？"

"我正要走，"皮奇说，"我看得出我什么时候不受欢迎。"

"我猜你一定得到过很多学习此事的机会。"参议员说。

皮奇正在拖着脚往外走，听见这句羞辱又转过身来，他自己都大吃一惊，因为他竟然明白自己受到了羞辱："参议员，你这个人需要依赖普通老百姓的选票，当然可以随便对他们说刻薄话了。"

"皮奇先生，而你是个醉鬼，我当然知道醉鬼是不允许进投票站的。"

"我投票了。"这是在公然说谎。

"既然你投了，那多半就是投给了我。大多数人都投给我，尽管我这辈子从没讨好过印第安纳州的人民，哪怕在打仗的时候也没有过。你知道他们为什么投给我吗？在每一个美国人心中——我不在乎他们多么堕落——都有像我这么一个骨瘦如柴、说话带鼻音的老家伙，他甚至比我还憎恨骗子。"

. . .

"天哪，父亲——我真没想到会见到你。这是一个多么令人愉快的惊喜啊。你的气色好极了。"

"我感觉很糟糕。我有个糟糕的消息要告诉你，我认为我应该当面说给你听。"

埃利奥特微微皱眉："你上次拉屎是什么时候？"

"和你没关系！"

"对不起。"

"我不是来找你要泻药的。产业工会联合会说自从《国家复兴法案》违宪通过以来，我就没有拉过屎。但我来找你不是为了这个。"

"是你自己说一切都很糟糕的。"

"所以？"

"通常来说，有人来找我说这句话，十有八九是因为便秘。"

"孩子，我来告诉你是个什么消息吧，然后再看你能不能用泻药给自己打打气。麦卡利斯特－罗伯延特－里德与麦吉律师事务所有个年轻律师辞职了，他能接触到与你相关的所有机密档案。现在他受雇于罗德岛州的罗斯沃特家族。他们要送你上法庭，证明你精神不正常。"

埃利奥特的闹钟响了。埃利奥特拿起闹钟，走到墙上的红色按钮前。他目光灼灼地盯着秒针扫过钟面，嘴唇翕动，倒数读秒。他举起左手，粗短的中指对准按钮，然后突然一戳，启动了西半球最响的火警警报器。

电喇叭骇人的号叫声惊得参议员贴到墙上，蜷成一团，用双手捂住耳朵。七英里外的新安布罗西亚，一条狗原地转圈，想咬它的尾巴。锯城坎迪厨房有个陌生人把咖啡浇了自己和店主一身。政府大楼地下室的贝拉美容厅里，体重三百磅的贝拉发作了一次中等程度的心脏病。本县所有爱说俏皮话的家伙都摆好姿势，准备重复一个关于消防队长查理·沃默尔格兰瞎编的过时笑话，这位队长在消防站隔壁开了个保险办事处："肯定吓得查理·沃默尔格兰从秘书身体里面拔了出来。"

埃利奥特松开按钮。可怕的警报器把自己的声音吞了回去，它在喉咙深处断断续续地叫着："泡泡糖……泡泡糖……泡泡糖。"

没有失火，这只是罗斯沃特县的正午铃声。

• • •

"要震破天了！"参议员抱怨道，慢慢地站起来，"我把我脑子里的一切忘了个干净。”

“这样也许更好。”

“你听见我说罗德岛州那家人要干什么了吗？”

“听见了。”

“你觉得如何？”

“悲伤和害怕。”埃利奥特叹息道，想挤出一个哀婉的笑容，但发现自己做不到，“我曾经希望我永远不需要证明我的精神正不正常，也希望无论我正不正常都不重要。”

“你也怀疑自己的精神状况？”

“当然了。”

“你这样已经有多久了？”

埃利奥特瞪大眼睛，认真地在脑海里搜寻答案：“大概从我十岁开始吧。”

· · ·

“我肯定你在开玩笑。”

“那倒是很安慰人。”

“你当年是个身体强壮、精神健全的好小子。”

“是吗？”埃利奥特被那个好小子形象深深地迷住了，他很愿意去想以前的自己，而不是正在把他逼进死角的妖魔鬼怪。

“我只后悔我们那时候带你来了这儿。”

185

"我那时候很喜欢这儿。现在也还是。"埃利奥特如梦呓般坦陈。

参议员微微分开双脚，为他即将挥出的一拳奠定坚实的基础："也许是真的，孩子，但现在你该走了，永远不要再回来。"

"永远不要再回来？"埃利奥特惊愕地重复道。

"你的这一段人生结束了，它迟早要结束的。为此我还要感谢罗德岛州的那一窝害虫呢：他们在强迫你离开这儿，而且就是现在。"

"他们怎么能做到呢？"

"你看看你的生活环境，你说你能如何辩护你的精神是正常的呢？"

埃利奥特环顾四周，没看见任何不正常的："这儿看上去……看上去……很奇怪吗？"

"你他妈知道，当然是的。"

埃利奥特缓缓摇头："你会吃惊的，父亲，因为我不知道。"

"全世界无论哪儿都找不到像这样的一个机构。假如这是舞台布景，剧本要求在幕布拉开时舞台上空无一人，那么在幕布拉开时，观众就会如坐针毡，急着想看一看究竟是哪个不可思议的疯子能过这样的生活。"

"假如这个疯子走出来，合情合理地解释他这儿为什么是这个样子呢？"

"那他依然是个疯子。"

埃利奥特接受了父亲的话，至少表面上看是接受了。他没有继续争辩，承认为了跑这一趟，他最好去洗刷干净，换身衣服。他在办公桌抽屉里翻出一个小纸袋，里面是他昨天买的东西：一块戴尔肥皂、一瓶治脚气的搽剂、一瓶去头皮屑的海飞丝洗发水、一瓶亚瑞滚珠除臭剂和一管高露洁牙膏。

"孩子，我很高兴你又开始注意自己的仪容了。"

"嗯？"埃利奥特正在看除臭剂的标签，他从没用过这东西，他从没用过任何一种腋下除臭剂。

"你收拾得干干净净的，戒酒，离开这儿，在印第安纳波利斯或芝加哥或纽约开一间体面的办公室，然后等听证会开始的时候，他们就会发现你和大家一样正常了。"

"嗯。"埃利奥特问父亲有没有用过亚瑞滚珠除臭剂。

参议员觉得受到了冒犯。"我每天早晚都要洗澡。我认为这就足以去除一切难闻的体味了。"

"上面说使用者也许会出皮疹，一旦出了皮疹，就必须停止使用。"

"你担心就别用好了。肥皂和水才更重要。"

"嗯。"

"这正是我们国家的大问题之一，"参议员说，"麦迪逊大道那伙人害得我们对自己的腋窝如此警觉，什么都比不上腋窝。"

他们的对话事实上非常危险，发生于两个极为脆弱的人之间，此刻终于飘进了一小块安全地区。他们可以赞同对方的看法，不需要担惊受怕。

"知道吗，"埃利奥特说，"基尔戈·特劳特写过一本书，说的就是一个国家致力于与怪味做斗争。这是整个国家的奋斗目标。他们根除了一切疾病，犯罪和战争也已经绝迹，于是他们转而瞄准了怪味。"

"等你上了法庭，"参议员说，"最好一句也别提你多么热爱特劳特。要是你说你喜欢巴克·罗杰斯[1]之流的玩意儿，许多人会觉得你不成熟。"

对话又飘离了和平地区。埃利奥特坚持要讲一讲特劳特的那本书，语气变得暴躁尖锐，小说名叫《咦，你说你能闻到？》。

"这个国家，"埃利奥特说，"创立了无数研究项目，旨在消除各种怪味。项目资金的来源是个人捐款，家庭妇女每逢星期天就挨家挨户敲门募捐。研究目标是针对每一种怪味找到特定的化学除臭剂。然后我们的主角，同时也是这个国家的独裁者，尽管他不是科学家，却在科研中做出了伟大的突破，因此他们不再需要那些研究项目了。他挖出了问题的根源。"

"嗯哼。"参议员说。他无法忍受基尔戈·特劳特的故事，

1　美国第一部基于科幻的漫画中的太空人主角。

为自己的儿子感到尴尬。"他找到了能够除掉一切怪味的化学药品？"他猜测道，想要尽快结束这个故事。

"不。如我所说，主角是独裁者，他直接消灭了鼻子。"

. . .

此刻埃利奥特在那间可怕的小卫生间里做全身洗浴，他用打湿的纸巾擦身体，一边颤抖咳嗽，一边大呼小叫。

他父亲看不下去了，于是在办公室里转悠，让视线避开那令人厌恶且徒劳无功的洗浴场面。办公室的大门没有锁，埃利奥特在父亲的坚持下，推了个文件柜过来顶在门上。参议员喝问："万一有人刚好进来，看见你赤条条的怎么办？"而埃利奥特回答："父亲，对这附近的人们来说，我是没有特定性别的。"

参议员先生就这样沉思着那种悖逆自然的无性别状态，还有能证明精神不正常的其他各种证据，他闷闷不乐地拉开了文件柜最上面的抽屉。里面有三罐啤酒、1948年纽约州颁发的驾驶执照和一个没封口的信封，信是写给在巴黎的西尔维娅的，但一直没有寄出。信封里是埃利奥特写给西尔维娅的一首情诗，落款日期为两年前。

参议员先生抛开羞耻，开始读这首诗，希望从中找到能为儿子辩护的蛛丝马迹。他读到的诗抄录如下，等他读完，实在没法摒除羞耻感的侵袭。

我在我的梦中是个画家，你知道，

也可能你不知道。也是个雕塑家。

长久不见。

我的莫大快乐，

就来自物质

和我这双手之间的互动。

而我将会对你做的一些事情，

也许会让你吃惊。

举例来说，假如你读到这里时我在你身边，

而你正好躺着，

那我也许会请你袒露你的腹部，

这样我就可以用我左手大拇指的指甲，

在你的阴毛上方，

画一条五英寸长的直线。

然后我会抬起我

右手的食指，

悄悄插进你著名的肚脐眼

右侧的边缘，

在那里停留，一动不动，也许半个小时。

奇怪吗？

那还用说。

参议员大受震撼。尤其让他感到惊骇的是诗里提到了阴毛。他这辈子只见过几具赤裸的躯体——顶多不过五六具，阴毛对他来说是一切事物中最不可提及、不可想象的东西。

此刻埃利奥特走出了卫生间，光着他毛茸茸的身体，正在用一块布擦身体。这块布是新买的，价格标签都还没撕掉。参议员吓得无法动弹，觉得污秽和淫邪的压倒性力量从四面八方包围了他。

埃利奥特没注意到。他毫不在意地继续擦身体，然后把布扔进废纸篓。黑色电话响了。

"这里是罗斯沃特基金会。我们能如何帮助您？"

"罗斯沃特先生——"一个女人说，"收音机里提到了你。"

"是吗？"埃利奥特开始下意识地摆弄阴毛。其实没什么逾规的，他只是拉直了一根弯曲如弹簧的阴毛，然后松手让它恢复原状。

"收音机里说他们要证明你是个疯子。"

"别担心，亲爱的。酒杯拿到嘴唇边还有可能手滑呢。"

"天哪，罗斯沃特先生——要是你走了，再也不回来，我们会死的。"

"我以我的名誉向你发誓，我会回来的。如何？"

"说不定他们不会放你回来呢。"

"亲爱的，你认为我是疯子吗？"

"我不知道该怎么说。"

"你想怎么说都行。"

"我忍不住要认为，人们肯定会觉得你是个疯子，因为你竟然这么关心我们这样的人。"

"你见过其他地方还有值得关心的人吗？"

"我从没离开过罗斯沃特县。"

"值得去看看，亲爱的。等我回来，我送你去一趟纽约。"

"上帝啊！但你再也不会回来了！"

"我以我的名誉向你发誓。"

"我知道，我知道——但我们都能从骨子里感觉到，从空气中闻到——你不会回来了。"

此刻埃利奥特发现有一根阴毛格外出众。他不停地拉了又拉，最后发现它足有一英尺长。他低头看着它，然后望向父亲，为拥有这么一个好东西而倍感自豪。

参议员震惊得脸色发青。

"我们考虑过用各种各样的方式和你道别，罗斯沃特先生，"女人继续道，"游行，标语，彩旗，花束。但你连我们中的一个人都不会见到。我们都太害怕了。"

"害怕什么？"

"我不知道。"她挂了电话。

· · ·

埃利奥特穿上他的新平角内裤。短裤刚贴身穿好，他父亲就阴

192

森森地开口了。

"埃利奥特——"

"先生？"埃利奥特正愉快地用两根大拇指在松紧带底下滑动，"这玩意儿还真的支撑得很好。我都忘记了能得到支撑是多么美妙。"

参议员先生爆发了。"你为什么这么恨我？"他喊道。

埃利奥特被吓呆了："恨你？父亲——但我不恨你啊。我不恨任何人。"

"但你的一举一动，你说的每一个字，都在存心狠狠伤害我！"

"不！"

"我不知道我对你做了什么，让你非要这样报复我，但欠债到现在肯定早就还清了。"

埃利奥特惊骇得濒临崩溃："父亲——求你——"

"滚吧！你只会继续伤害我，而我没法承受更多的痛苦了。"

"我以上帝的爱发誓——"

"爱？"参议员怨恨地重复道，"你当然是爱我的，对吧？爱我爱得非要碾碎我拥有过的一切希望和理想。你当然也是爱西尔维娅的，对吧？"

埃利奥特捂住了耳朵。

老人滔滔不绝地说了下去，唾沫星子喷得到处都是。埃利奥特听不见他在说什么，但光是读唇语就知道了那个可怕的故事——他如何毁灭了一个女人的人生和健康，而她这辈子唯一的错误就是爱上了他。

参议员先生怒气冲冲地走出办公室，上车离开。

埃利奥特松开捂住耳朵的双手，继续穿完衣服，就好像什么都没发生过似的。他坐下系鞋带。等他系好鞋带，他直起腰，面色忽然凝固，像尸体一样僵硬。

黑色的电话又响了。他没去接。

13

不过，埃利奥特内心还有个东西在看着时间。他要坐的那班大巴在锯城坎迪厨房发车前十分钟，埃利奥特忽然有了反应，起身，抿紧嘴唇，从衣服上摘下几个线头，然后走出了办公室。他和父亲的争执已经从他的表层记忆中消失。他步履轻快，就像卓别林电影里的花花公子。

几条狗上来欢迎他光临街道，他弯腰拍了拍它们的脑袋。新衣服妨碍了他的行动，裆部和腋下绷得太紧，像是里面衬着报纸似的沙沙作响，让他不禁想到了自己的模样变得多么体面。

从餐厅里传来了交谈的声音。埃利奥特默默地偷听，没有露面。尽管这些声音都属于他的朋友，但他听不出他们都是谁。三个男人在哀怨地讨论钱，而他们凑巧没有这个东西。交谈中有许多停顿，因为想法对他们来说和钱一样难得。

"好吧，"其中一个人最后说，"穷没什么不光彩的。"这句话是胡塞尔州幽默作家金·哈伯德的一个老笑话的前半截。

"是啊，"另一个人把笑话说完，"但还不如不光彩呢。"

· · ·

埃利奥特穿过街，走进消防队长查理·沃默尔格兰的保险办事处。查理不是个可怜虫，从没向基金会申请过任何帮助。全县大概有七个人在正牌自由企业体制下混得还真不赖，他就是其中之一。贝拉美容厅的贝拉是另一个。两个人都是白手起家，父辈都是镍板铁路公司的扳道工。查理比埃利奥特小十岁，身高六英尺四英寸，肩宽体壮，没有肥屁股，没有大肚子。除了担任消防队长，他还是联邦法警和度量衡监察员。他还和贝拉合伙，在为新安布罗西亚的富裕人群开设的新购物中心开了一家店，这家店名叫巴黎精品屋[1]，专卖漂亮的男子服饰和精巧的小玩意儿。真英雄都有个致命弱点，查理也不例外。他拒绝承认他有淋病，然而事实上他就是有。

· · ·

查理那位著名的秘书出门办事去了。埃利奥特走进他的办公室

1　原文为法语"La Boutique de Paris"。

时，这儿除了查理只有一个人：诺耶斯·芬纳蒂。他正在扫地。诺耶斯曾经是不朽的诺亚·罗斯沃特纪念高中篮球队的核心成员，这支球队在1933年所向披靡。1934年，诺耶斯掐死了他年仅十六岁的妻子，原因是众所周知的不贞，结果被判终身监禁。在埃利奥特的帮助下，如今他得以假释出狱。他今年五十一岁，没有朋友，也没有亲戚。埃利奥特在翻看《罗斯沃特县号角报》旧刊的时候偶然发现他还关在牢里，于是主动出面帮他争取假释。

诺耶斯是个安静的男人，愤世嫉俗，满腔怨恨。他从没为了任何事对埃利奥特说过一声谢谢。埃利奥特既不觉得受伤，也不感到惊讶，他早就习惯了人们的忘恩负义。基尔戈·特劳特有一本小说他特别喜欢，这本书从头到尾只有一个主题，那就是忘恩负义。书名叫《谢谢你市的第一地方法院》，里面有个法院，假如你觉得你做了某些事情但别人没有好好地感谢你，你就可以向法院起诉对方。假如被告败诉，法庭会让他选择，要么当众向原告表示感谢，要么单独监禁一个月，只给面包和水。特劳特说，在法庭判决有罪的那些人里，百分之八十选择去蹲大牢。

· · ·

首先看出埃利奥特情况非常不妙的是诺耶斯，比查理早得多。他停下扫地，目不转睛地盯着埃利奥特。他是个恶劣的窥淫癖。查理则沉迷于他和埃利奥特在许多次火灾中英勇战斗的回忆之中，直到埃利奥特祝贺他刚刚获得了一枚他实际上在三年前获得的奖章，他这才起了疑心。

"埃利奥特——你在逗我玩吗？"

"我为什么要逗你玩？我认为这是一项了不起的荣誉。"他们说的是青年胡塞尔人霍拉肖·阿尔杰奖，这是印第安纳州保守派青年共和党商人俱乐部于1962年颁给查理的。

"埃利奥特——"查理惊愕地说，"那是三年前了。"

"是吗？"

查理从办公桌前起身："当时你和我在你的办公室里商量，最后决定把那块该死的奖牌退回去。"

"真的？"

"我们回顾了那玩意儿的历史，结论是它就等于死神之吻。"

"我们为什么会得出这个结论？"

"把黑历史挖出来的是你啊，埃利奥特。"

埃利奥特微微皱眉："我忘记了。"微微皱眉仅仅是在表示礼貌，忘事并不怎么让他烦恼。

"他们从1945年开始颁发那玩意儿。在我获奖前，那玩意儿一共被发出去十六次。现在想起来了吗？"

"没有。"

"在青年胡塞尔人霍拉肖·阿尔杰奖的十六个获奖人里，六个因为欺诈或偷逃所得税进了监狱，四个因为这样或那样的原因正被起诉，两个伪造了战争期间的记录，还有一个真的上了电椅。"

．．．

"埃利奥特——"查理越来越焦急了,"你听见我说什么了吗?"

"听见了。"埃利奥特说。

"我刚刚说什么了?"

"我忘了。"

"你刚说你听见我说什么了。"

诺耶斯·芬纳蒂忽然开口:"他只听见了咔嚓一声巨响。"他上前仔细查看埃利奥特。他这么说不是出于同情,而是为了诊断。埃利奥特的反应也是医学性的,就好像有一位好医生正在用手电筒照他的眼睛,在那儿寻找什么东西。"他听见了那咔嚓一声,哥们儿。哥们儿,他真的确实听见了那咔嚓一声。"

"你他妈在胡说什么?"查理问他。

"那是一个人在监狱里会学着去听的东西。"

"我们又不在监狱里。"

"不止是在监狱里才会发生这种事。然而在监狱里,你会越来越多地用耳朵听东西。你在监狱里待久了,眼睛就瞎了,只能靠耳朵听东西。那种咔嚓声是你要留神去听的东西。你们两个……你认为你和他非常亲近吗?假如你们真的很亲近——不是说你必须喜欢他,只是说你必须了解他——那你从一英里外都能听见他发出的咔嚓一声。你慢慢地了解一个人,知道他内心深处有些东西搅得他不

199

得安宁，也许你永远也不会弄清楚那东西究竟是什么，但正是那东西使得他表现出他现在这个样子，也正是那东西让他的眼神看上去像是有秘密。而你对他说：'冷静，冷静，来，悠着点儿。'或者你问他：'你为什么要一次又一次做同样疯狂的事情，你明明知道那么做会让你再次惹上麻烦？'但你知道，和他争辩是没有意义的，因为驱使他的其实是他内心的那个东西。它说'去跳'，他就会去跳。它说'去偷'，他就会去偷。它说'去哭'，他就会去哭。除非他年纪轻轻就死了，或者除非他做什么事都能按他的想法来，从来不出什么大岔子，他内心的那东西才会像发条玩具似的松弛下来。你在监狱洗衣房里和这么一个人一起干活儿。你认识他二十年了。你们正在干活儿，突然间你听见他发出了那咔嚓一声。你扭头看他，他停止干活儿了。他整个人都平静了，他看上去完全痴呆了，他看上去特别可爱。你望着他的眼睛，发现秘密不见了。这会儿他连自己叫什么都说不出来。他继续干活儿，但他再也不是以前的那个他了。搅得他内心不得安宁的东西再也不会发出咔嚓一声了。它死了，那东西死了。那个人的一段人生，他必须疯到一定程度才能熬过去的那段人生，也完结了！"

诺耶斯开始说的时候没有任何感情，此刻他身体僵直，汗出如浆。他双手用力，把扫帚柄往死里掐，手背变得毫无血色。尽管按照他这个故事的走向，他应该表现得很平静，以显示在洗衣房里他身旁的工友已经冷静了下来，但他完全不可能假装平静。他双手掐扫帚柄的动作渐渐变得不堪入目，不肯熄灭的激情害得他几乎口齿不清。"完结了！完结了！"他一遍又一遍地叫道。现在他的愤怒对象主要是扫帚柄了。他把扫帚柄横在大腿上，想要折断它，他朝着扫帚的主人查理咆哮："狗娘养的不肯断！就是不肯断！"

"你这个走运的狗杂种，"他对埃利奥特说，双手还在努力折断扫帚，"你的咔嚓一声已经响过了！"他的脏话像雨点似的落在埃利奥特身上。

他抛开扫帚。"狗娘养的就是不肯断！"他叫道，一阵风似的冲出办事处。

· · ·

这一幕没有扰乱埃利奥特的心境。他温和地问查理，那位老兄对扫帚到底有什么意见。他还说他好像应该去赶长途大巴了。

"你……你还好吧，埃利奥特？"

"我好极了。"

"是吗？"

"我这辈子都没觉得这么好过，我感觉就像……就像……"

"像什么？"

"就像我的人生即将开启一个神奇的新阶段了。"

"那肯定很好。"

"那当然！那当然！"

· · ·

埃利奥特慢悠悠地踱向锯城坎迪厨房，他一直保持着这样的好心情。不自然的寂静笼罩了街道，就好像枪战即将打响，但埃利奥特没有注意到。小镇人很确定他将一去不返。最依赖埃利奥特的那些人听见了他的咔嚓一声，清晰得就像听见加农炮发射。人们策划了很多异想天开、傻里傻气的告别仪式，例如消防员大游行，举着标语牌说出最应该说的一些话，用消防龙头喷出一个凯旋拱门。计划全都夭折了，因为没人愿意组织这么一场活动，没人愿意出头领导其他人。想到埃利奥特即将离开，大多数人都像是被掏空了内脏，甚至找不到足够的精神和勇气站在人群的最后面，有气无力地和他挥手道别。他们知道他会走哪条街，大多数人都逃离了那儿。

埃利奥特走下午后烈日炙烤的人行道，来到帕特农神庙水汽氤氲的阴影中，沿着运河漫步。一位退休的制锯厂工人正在用竹竿钓鱼，他的年纪与参议员相仿。他坐在一张野营小凳上。一台半导体收音机搁在他两只高筒靴之间的地面上，收音机里在放《老人河》。"黑人都在劳碌，"歌里唱道，"白人玩得高兴。"

老人不是酒鬼，也不是性变态或其他什么。他只是很老了，他是鳏夫，得了癌症，在空军战略部的儿子从不写信回家，他的性格也不怎么好。烈酒让他烦躁。罗斯沃特基金会给他一笔津贴，购买医生开给他的吗啡。

埃利奥特和他打招呼，发现既不记得他叫什么，也不知道他遇到了什么麻烦事。埃利奥特深吸一口气。今天是个好日子，本来就不该琢磨人间的烦恼。

· · ·

帕特农神庙长约十分之一英里，尽头处有个小货摊，卖鞋带、剃须刀片、软饮料和《美国调查者》。看摊的男人叫林肯·埃瓦尔德，在第二次世界大战期间，他是个狂热的纳粹支持者。他在战争期间架设了短波电台，向德国人通报罗斯沃特制锯厂的每日产量，当时制锯厂在生产伞兵匕首和装甲板。尽管德国人根本没有要他通报什么，但他第一次通报时的大意是，假如他们能来轰炸罗斯沃特，整个美国经济就会萎缩和崩溃。他通风报信不是为了要钱。他鄙视金钱，声称他之所以痛恨美国，正是因为在这儿金钱至上。他想要一枚铁十字勋章，简单包装一下寄给他就行。

四十二英里外的火鸡窝国家公园，两名狩猎监督员在步话机上收到了他的广播，声音既清晰又响亮。狩猎监督员把消息捅给了联邦调查局，他们前往铁十字勋章的收件地址，逮捕了埃瓦尔德。他被送进精神病院，直到战争结束。

除了听他陈述他没人愿意听的政治观点，基金会几乎没帮助过他。埃利奥特只给他买了一台便宜唱机和一套德语学习唱片。埃瓦尔德非常想学德语，但他总是过于激动和愤怒了。

埃利奥特同样不记得埃瓦尔德的名字了，经过他时几乎没注意到这个人。人们避之不及的这个邪恶小店开在伟大文明的遗址之中，你很容易会对它视而不见。

"希特勒万岁。"埃瓦尔德用八哥似的声音叫道。

埃利奥特停下脚步，亲切地望向这一声招呼传来的方向。一份份《美国调查者》仿佛帘幕似的挡住了埃瓦尔德的货摊。帘幕像是布满了波点波点是封面女郎兰迪·赫勒尔德的肚脐眼。她一遍又一遍地征求能让她生个天才宝宝的男人。

"希特勒万岁。"埃瓦尔德又说。他没有撩开帘幕。

"希特勒万岁，先生，"埃利奥特微笑道，"还有，再见了。"

· · ·

埃利奥特走出帕特农神庙的阴影，野蛮的阳光像榔头似的砸下来。他的眼睛一时发花，看见两个流浪汉站在政府大楼门前的台阶上，就像被蒸汽包围的焦黑尸首。他听见贝拉在地下室的美容厅里吼叫，呵斥一个女人没有好好保养她的指甲。

埃利奥特有好一阵连一个人都没遇到，尽管他发觉有人在窗口窥视他。无论那是谁，他都眨眨眼，朝对方挥手致意。他来到诺亚·罗斯沃特纪念高中的门口，学校放暑假了，因此大门紧闭，他在旗杆前停下，暂时陷入了浅薄的忧郁。升降索上没挂国旗，零件轻轻敲打和擦过空心的旗杆，令人沮丧的声音吸引了他的注意力。

他想评论一下这种声音，还想让其他人也听一听。但附近没人，只有一条狗一直跟着他，于是他对狗说："这是一个多么美国的声音啊，你明白吗？学校放假，国旗降下，多么哀伤的一个美国声音啊。有时候太阳落山，忽然吹起一阵微风，全世界都到了晚餐时间，你应该就能听到它了。"

他的喉咙哽住了。感觉很好。

. . .

埃利奥特走过太阳石油的加油站时，一个年轻人从两台油泵之间冒了出来。他叫罗兰·巴里，在本杰明·哈里森堡宣誓加入陆军后十分钟就精神崩溃了。他得到了一份百分之百的残疾抚恤金。上级命令他和另外一百个男人一起去冲澡，结果他当场就崩溃了。抚恤金可不是随随便便发给他的。罗兰没法用超过耳语的音量说话。他每天要在油泵之间窝许多个小时，让陌生人觉得他在那儿有事要做。"罗斯沃特先生。"他悄声说。

埃利奥特微笑着向他伸出手："请你务必原谅我——我忘记你叫什么了。"

罗兰的自尊水平低得可怕，过去一年里他每天至少要拜访一次的男人忘记了他叫什么，他竟然一点儿也不觉得惊讶："我想谢谢你，因为你救了我的命。"

"因为什么？"

"因为你救了我的命，罗斯沃特先生——无论那是条什么烂命，反正都被你救了。"

"你说得太夸张了，我敢肯定。"

"只有你一个人不认为发生在我身上的事情很可笑。也许你连见到诗歌都不会觉得可笑。"他把一张纸塞进埃利奥特的手里，"我写的时候哭了。对我来说它就是这么可笑，一切对我来说就是这么可笑。"他跑掉了。

埃利奥特大惑不解，读了读这首诗，原文如下：

湖泊，钟琴，

水池和铃铛，

横笛和涨水，

竖琴和水井；

长笛和河流，

溪水，巴松，

间歇泉，小号，

编钟，泻湖。

听着音乐，

喝着那水，

而我们这些可怜的羔羊，

一起走向屠场。

我爱你，埃利奥特。

再见了。我哭了。

眼泪和小提琴。

心脏和花朵，

花朵和眼泪。

罗斯沃特，再见了。

埃利奥特走到了锯城坎迪厨房，一路上没再出其他的波折。店里只有店主和一名顾客。顾客是个十四岁的小女孩，被继父搞大了肚子，这个继父已经去坐牢了。基金会出钱为她堕胎，并且向警方报告了她继父的罪行，随后为她雇了用钱能雇到的最优秀的律师。

这姑娘叫唐妮·温赖特。她带着烦恼来找埃利奥特，埃利奥特问她的精神怎么样。"呃，"她说，"我觉得我的心情还不赖。我猜任何一个影星刚入行的时候，大概都是这个感觉吧。"

此刻她在喝可口可乐，读着面前的《美国调查者》。她偷偷地瞥了埃利奥特一眼，这是最后一次机会了。

· · ·

"一张去印第安纳波利斯的车票，谢谢。"

"埃利奥特，是单程还是往返？"

埃利奥特没有犹豫："单程，麻烦你了。"

唐妮险些打翻杯子，及时一把抓住。

"去印第安纳波利斯的一张单程车票！"店主大声说，"给你，先生！"他恶狠狠地在埃利奥特的车票上盖了个戳，把票递给埃利奥特，然后转身就走。他再也没有看埃利奥特，一眼都没有。

埃利奥特没有觉察到任何紧张气氛，闲逛到书刊架前，想找点东西路上看。《美国调查者》吸引了他，他翻开报纸，扫了一眼一篇报道，这篇文章说的是1934年有个七岁女童在黄石公园被熊咬掉了脑袋。他把报纸放回架子上，选了一本基尔戈·特劳特的平装本小说，书名叫《跨银河系的三日假期》。

长途车在外面按响了它浮夸的喇叭声。

· · ·

埃利奥特正要上车，黛安娜·蒙恩·格兰普尔斯来了。她在啜泣，手里拿着她的白色公主款电话机，连根拽断的电话线拖在背后："罗斯沃特先生！"

"怎么了？"

她把电话机砸在大巴车门旁的路面上："我再也不需要电话机了。我不会打给任何人，也不会有任何人打给我了。"

埃利奥特很同情她，但没有认出她来："我……我很抱歉。但我不明白。"

"你不明白什么？是我啊，罗斯沃特先生！我是黛安娜！黛安娜·蒙恩·格兰普尔斯啊！"

"很高兴认识你。"

"很高兴认识我？"

"我真的很……但是……但是，这电话机怎么了？"

"如果没有你，我就不需要电话机了。"

"哦，这个——"他怀疑地说，"你肯定还有其他熟人的。"

"天哪，罗斯沃特先生——"她抽泣道，无力地靠在长途车上，"你是我唯一的朋友啊。"

"你肯定还能结识其他朋友的。"埃利奥特充满希望地提醒她。

"我的上帝啊！"她叫道。

"比方说，你可以去参加教堂的互助组。"

"你就是我的教堂互助组！你是我的一切！你是我的政府，你是我的丈夫，你是我所有的朋友。"

这些主张让埃利奥特很不自在。"你这么说真是太好了。祝你好运。现在我真的要走了，"他挥挥手，"再见。"

· · ·

埃利奥特开始读《跨银河系的三日假期》。长途车外闹得更凶了，但埃利奥特并不认为那会和他有什么关系。这本小说立刻迷住了他，他根本没注意到车已经徐徐开动。这是个激动人心的故事，主角是雷蒙德·博伊尔军士，在某种太空时代的路易斯与克拉克探险队里服役。

探险队来到了似乎是宇宙中绝对和最终的边界的地方。除了他们所在的恒星系，周围好像什么都没有，他们架设起仪器，对准宇宙外犹如黑色丝绒的虚无，希望能侦测到来自哪怕最微小的天体的最微不可查的信号。

博伊尔军士是地球人。探险队里只有他一个地球人。事实上，他是我们银河系的唯一代表。其他成员都来自其他星系。探险是两百多个星系共同发起的。博伊尔不是技术人员，而是英文教师。在整个已知的宇宙中，只有地球在使用语言。这是地球人独一无二的创举。其他生物用的都是心灵感应。因此地球人无论去哪儿都能找到相当好的工作：当语言教师。

外星生物之所以想要使用语言而不是心灵感应，是因为他们发现用语言能做到更多的事情。语言使得他们有了更高的能动性。心灵感应是每个人都在不断把所有事情告诉所有人，导致他们对一切信息都抱着某种泛化的漠然态度。但语言不一样，使用语言交流很缓慢，含义也相对狭窄，因此你可以每次只思考一件事，也就是可以从计划的角度思考问题了。

博伊尔正在上英语课，被人叫了出来，要他立刻向探险队的指挥官报到。他猜不出指挥官为什么要找他。他走进指挥官的办公室，向老头子敬礼。事实上，指挥官长得一点儿也不像一个老头子。他来自特拉法玛多星球，身高和地球上的啤酒罐差不多。事实上，他长得也不像啤酒罐，而是像个小号马桶搋子。

办公室里不止指挥官一个人。探险队的牧师也在，这位神职人员来自格林科-X-3星，看上去像一艘硕大无朋的葡萄牙战舰，泡在一个装满硫酸的带轮大缸里。牧师神色肃穆，因为发生了一件可怕的事情。

牧师对博伊尔说你要勇敢些，然后指挥官说他家里传来了非常不幸的消息。指挥官说他老家传来了死讯，探险队决定批给博伊尔三天紧急假期，他应该立刻做好出发的准备。

"是……是……我母亲吗？"博伊尔忍住眼泪说，"是我父亲？难道是南希？"南希是隔壁家的姑娘。"是爷爷？"

"孩子——"指挥官说，"你一定要坚强。我真不愿意告诉你，死的不是一个人，而是一个东西。"

"什么东西死了？"

"我的孩子，是银河系死了。"

埃利奥特从书上抬起头，他已经离开了罗斯沃特县。他一点儿也不想念它。

. . .

长途车的下一站是印第安纳州的纳什维尔，也就是布朗县的县府所在地。埃利奥特再次从书中抬起头，思考了一下他见到的消防用具的情况。他考虑要不要买些真正高级的设备送给纳什维尔，转念一想还是决定算了。他不认为这些人能照顾好那些设备。

纳什维尔是艺术和手工艺的中心，因此，尽管时值6月，但当埃利奥特看见一个玻璃工正在吹制圣诞树饰物时，他并没有感到吃惊。

· · ·

埃利奥特再也没有抬头看过，直到长途车开到印第安纳波利斯的城郊。他震惊地发现一场火风暴正在吞噬整座城市。他从没见过火风暴，但他读过报道，也梦到过许多次。

他的办公室里藏着一本书，即便是埃利奥特自己也不明白他为什么要把这本书藏起来，而且每次拿出来的时候都会产生罪恶感。这本书带给他的感觉就像是意志薄弱的清教徒对色情物品的感觉，但没有哪本书能比他藏起来的这本书更与情欲无缘了。这本书名叫《轰炸德国》，作者是汉斯·伦普夫。

埃利奥特会反复阅读书里的一个篇章，每次都读得面无血色，手心冒汗。这段文字描述的是德累斯顿的火风暴。

许多火舌冲破燃烧中的建筑物之后，被加热的空气汇成一根火柱，高度超过两英里半，直径达到一英里半……

火柱沸腾翻滚，温度较低的地面空气源源不断地从根部补充柱体。距离火场一英里到一英里半的地方，吸入气流使得风速从时速十一英里猛增到三十三英里。在这个区域的边缘，风速必定还要更高一些，因为有些直径三英尺的大树也被连根拔起。在极短的时间内，温度就达到了一切可燃物质的燃点，于是烈火吞噬了整片区域。在这样的大火中，我们见证了彻底燃尽现象的发生；简而言之，火场内没有残余一丝一毫的可燃物质，直到两天后，着火区域才冷却到人可以接近的温度。

埃利奥特从长途车座位上站了起来，凝视着印第安纳波利斯的火风暴。宏伟的火柱震住了他，它的直径至少有八英里，高度达到了五十英里。柱体的界限似乎极为分明，而且一动不动，就好像火柱是用玻璃铸成的。在界限内，涡流卷起暗红色的余烬，绕着白色的焰心旋转，既庄严又和谐。那白色显得格外圣洁。

14

埃利奥特的眼前一片漆黑，黑得就像宇宙边缘之外的景象。等他苏醒过来，发现自己坐在一个干枯喷泉的平坦边缘上。阳光透过一棵悬铃木的树叶，斑驳地照在他身上。一只鸟在悬铃木上唱歌。"叽——喁——叽？"它唱道，"叽——喁——叽。叽、叽、叽。"一座花园的高墙包围着埃利奥特，而这个花园很眼熟。就在这同一个地方，他和西尔维娅谈过许多次。这是布朗医生在印第安纳波利斯的私立精神病院，许多年前他带西尔维娅来过这儿。喷泉的边缘上刻着一句话：

永远假装一切正常，就连上帝也会被你骗过。

埃利奥特发现有人给他换上了网球服，他一身雪白，不只如此，就好像他是百货商店橱窗里的假人，还有人在他大腿上放了一把网球拍。他尝试着握住球拍柄，想确定球拍是不是真的、他本人是不是真的。他望着自己的前臂肌肉纵横交错地蠕动，觉得他不仅是个网球运动员，而且是个出色的网球运动员。他不需要思考自己在哪儿打过网球，因为花园的一侧就是网球场，牵牛花和香豌豆的藤蔓缠绕在铁丝网上。

"叽——喁——叽？"

埃利奥特抬头望向小鸟和遮天的绿叶，想到这座花园位于印第安纳波利斯的城区内，不可能从他见过的那场大火中活下来。因此那场大火并不存在，他心平气和地接受了这个事实。

· · ·

他继续望着那只小鸟。他真希望自己能变成一只小鸟，这样就可以飞到树顶上，再也不下来了。他想飞得高高的，因为地面上正在发生某些让他不快乐的事情。四个身穿深色正装的男人把六英尺外的一张水泥长凳挤得满满当当的。他们目不转睛地盯着他，等着他做出点意义非凡的举动来。然而埃利奥特觉得他没有任何意义非凡的话可说，也拿不出什么意义非凡的东西来。

此刻他觉得后脖颈的肌肉有些酸痛。它们不可能永远让他保持仰头的姿势。

"埃利奥特——"

"先生？"埃利奥特知道他正在和父亲交谈。此刻他把视线从树上一点儿一点儿向下移动，就像一只生病的小鸟从一根树枝落向另一根树枝。他的目光终于来到了与父亲目光齐平的高度上。

"你正要对我们说一些重要的话。"父亲提醒他。

埃利奥特发现坐在长凳上的是三个老人和一个年轻人，他们一脸深有同感的表情，全神贯注地等他开口说天晓得的什么话。他认出年轻人是布朗医生。第二个老人是瑟蒙德·麦卡利斯特，罗斯沃特家族的律师。第三个老人是个陌生人。埃利奥特不记得他叫什么，但不知为何，他并不为此感到烦恼，因为从老人酷似和善的乡村殡仪师的面相来看，他应该是他们家的一位密友。

. . .

"找不到词儿了吗？"布朗医生猜测道。医生的语气里有一丝焦急，他扭来扭去，用身体语言提示埃利奥特接下来该怎么做。

"我找不到词儿了。"埃利奥特附和道。

"好吧，"参议员说，"要是你没法用语言说清楚，就不可能在听证会上证明你神志健全了。"

埃利奥特点点头，承认父亲说得对："我……我难道都还没开始用语言解释清楚吗？"

"你只是忽然宣布，"参议员说，"你刚刚说想到了一个主意，能够立刻解决这堆麻烦事，既完美又公平。然后你就抬头看树了。"

"嗯。"埃利奥特说。他假装思考，然后耸耸肩："无论是个什么主意，都突然从我脑袋里溜掉了。"

· · ·

罗斯沃特参议员合起他长满老人斑的双手："但这不等于我们缺少解决难题的主意。"他露出一个骇人的得意狞笑，拍了拍麦卡利斯特的大腿："对吧？"他的手越过麦卡利斯特，拍了拍陌生人的后背。"对吧？"他对陌生人推崇备至，"全世界最厉害的点子大师站在咱们这一边呢！"他大笑，对这个主意那个主意感到十分高兴。

参议员向埃利奥特伸出双臂。"请看我的儿子，光是看看他的外表和举止就行——这就是能让咱们获胜的一号证据。这么健康！这么整洁！"他的老眼闪闪发亮，"医生，他减了多少体重？"

"四十三磅。"

"回到了上战场时的体重，"参议员狂热地叫道，"身上连一盎司赘肉都没有。多么完美的一场网球比赛啊！毫不留情！"他一跃而起，颤颤巍巍地表演了一个发球动作："我这辈子见过的最了不起的一场比赛，就发生在一个小时之前，就在这四面高墙之中。埃利奥特，你打得他血流成河！"

"嗯。"埃利奥特环顾四周，想找一面镜子或者能反光的物体表面。他不知道自己现在是什么模样。喷泉的水池里没有水。水池中央的鸟浴盆里有一点儿积水，但全是灰土和树叶，非常浑浊。

"你说什么来着，埃利奥特打败的是个职业网球选手？"参议员问布朗医生。

"几年前的。"

"而埃利奥特痛宰了他！所以一个人有精神病并不妨碍他发挥球技，对吧？"他没有等别人回答，"看着埃利奥特得意扬扬地跑下球场，过来和我们握手，一时间我真是既想笑又想哭。我对自己说：'明天要证明自己神志健全的就是他！哈哈！'"

望着他的四个人都确定他神志健全，埃利奥特从中得到了勇气，此刻他站起来，假装要伸懒腰。他真正想做的是凑近那个鸟浴盆。他利用自己是个运动健将的好名声，跳进干枯的水池，做了个深蹲，就好像是在消耗过剩的精力。他的身体毫不费力地完成了这个动作。他简直是用弹簧钢做成的。

剧烈的动作使得埃利奥特注意到他的臀部口袋里有个鼓鼓囊囊的东西。他掏出那东西，发现是一份卷起来的《美国调查者》。他展开报纸，以为会见到兰迪·赫勒尔德在恳求天才的精子。然而他在头版上见到的是他本人戴着消防头盔的照片，照片是从消防队国庆节合影里剪取放大的。

头条新闻是：

全美国神志最健全的男人？（详见内文）

. . .

　　埃利奥特打开报纸看，另外几个人继续对明天的听证会做种种乐观的估计。埃利奥特翻到中页，见到了自己的另一张照片。这张照片很模糊，拍的是他在精神病院的球场上打网球。

　　相对的版面上，弗雷德·罗斯沃特衣着入时，心怀叵测的小家庭望着他打球。他们看上去像一户佃农。弗雷德也减了不少体重。版面上还有他们家律师诺曼·穆沙里的照片。穆沙里如今自己创业，身穿漂亮的马甲，戴着一根粗大的金表链。报道里引用他的原话：

　　　　我的当事人要的不多，仅仅是他们自身和后代与生俱来的法定权利。印第安纳州那伙傲慢的富豪花了几百万美元，从东海岸到西海岸，说动了许多有权势的朋友，只是为了阻止他们的亲戚出庭做证。他们提出最站不住脚的理由，导致听证会已经延期七次；而与此同时，埃利奥特·罗斯沃特待在一所精神病院的高墙里玩得不亦乐乎，他的党羽却竭力否认他的精神有任何问题。

　　　　假如我的当事人输了官司，他们就会失去他们简陋的小屋、普通的家具、用过的旧车、孩子的小帆船、弗雷德·罗斯沃特的保险单、全家的毕生积蓄和一位忠实朋友借给他们的几千美元。这些勇敢、健全、平常的美国人把他们拥有的一切都交给了美国司法体系，我们的司法体系绝对不会也不能辜负他们的信任。

埃利奥特照片所在的版面上还有西尔维娅的两张照片。旧的一张是她在巴黎和彼特·劳福德[1]跳扭扭舞。新的一张是她宣誓加入比利时的一所修道院，这所修道院恪守沉默的戒律。

若不是听见父亲亲昵地称那位陌生老人为"特劳特先生"，埃利奥特本来会好好思考一下西尔维娅这奇妙的人生开端和结尾。

· · ·

"特劳特！"埃利奥特叫道。他太震惊了，以至于一时间失去平衡，抓住鸟浴盆想支撑住身体。鸟浴盆本来就岌岌可危地摆在底座上，被他这么一抓就开始倾斜了。埃利奥特扔下《美国调查者》，用双手抱住鸟浴盆，免得它真的倒下。他在水面上见到了自己，瞪着他的是个消瘦而狂躁的中年男子。

"我的上帝啊，"他在心里想，"弗朗西斯·斯科特·基·菲茨杰拉德，只有一天好活了。"

---

1 彼特·劳福德（1923—1984），美国影星。

　　他转过身时小心翼翼地没有再喊出特劳特的名字。他明白这会暴露他事实上病得多么严重，明白他和特劳特显然在他眼前一黑之后成了熟人。埃利奥特没能认出他的原因很简单：特劳特在小说护封上的照片上都有胡子，但这个陌生人没有。

　　"老天在上，埃利奥特，"参议员说，"你叫我带特劳特来这儿的时候，我对医生说你的精神病肯定还没好。你说哪怕你做不到，特劳特也能解释你在罗斯沃特所做的一切。我反正孤注一掷，什么办法都愿意试试看，找他来是我做过的最明智的一件事了。"

　　"没错。"埃利奥特说，然后提心吊胆地坐回喷泉的边缘。他从背后捡起那份《美国调查者》，卷起报纸的时候第一次注意到了日期。他冷静地心算了一下。不知怎的，他在某个地方丢失了一年的时光。

. . .

　　"你需要说特劳特先生说的你应该说的话，"参议员命令道，"以你现在的这个模样，我看咱们明天是不可能输掉的。"

　　"我一定会说特劳特先生说的我应该说的话，我这会儿的打扮一点儿也不改变。不过，要是特劳特先生能再过一遍我应该说的话，那我可就感激不尽了。"

"其实非常简单。"特劳特说。他的声音浑厚而低沉。

"你们俩已经演练过许多遍了。"参议员说。

"话虽如此,"埃利奥特答道,"但我还想最后再听一遍。"

"好吧——"特劳特搓了搓手,望着自己搓动的双手,"你在罗斯沃特县做的事情和精神失常八竿子打不着。那有可能是我们这个时代最重要的社会实验,你试图在一个极小的尺度上解决一个难题,而这个难题所造成的不安和恐惧,迟早会随着机器的日趋精密而遍及整个世界。这个难题是这样的:该如何去爱没有用处的人?

"总有一大,所有男女作为商品、食物、服务和更多机器的生产者,作为在经济、工程甚至医药领域内提供实用思想的源泉,都会变得毫无价值。因此,假如我们无法找到理由和方法,仅仅因为他们是人类而珍视他们,那么我们还不如听从时常有所耳闻的建议,把他们全都干掉算了。"

$\cdots$

"美国人长期受到的教育是仇恨一切不愿或不能工作的人,甚至为此仇恨自己。这种常识性的残酷理念来自拓展边疆的先辈。它快要不再是常识了,这个时刻有可能已经到来。剩下的将仅仅只是残酷。"

"一个有进取心的穷人依然能从泥潭里爬出来,"参议员说,"再过一千年,这句话也还是真理。"

"也许吧，有可能，"特劳特温和地回应道，"他的进取心甚至有可能异常强大，能让他的子孙后代在匹斯昆特伊特之类的乌托邦生活。但我确信在那种地方，灵魂腐朽、愚昧迟钝和麻木不仁与毒害罗斯沃特县的瘟疫同样可怕。对于一个非常脆弱的美国灵魂来说，贫穷是一种相对较轻的疾病，但'没有用'能杀死强大和软弱的灵魂，而且它所向披靡。

"我们必须找到解药。"

. . .

"埃利奥特，你投身于志愿消防队也说明你的神志非常健全，因为每当警铃响起时，消防员们就几乎是这片国土上能见到的无私奉献精神的唯一样板了。他们冲上去营救任何人类，而且不惜一切代价。就连全镇最可鄙的人，假如他可鄙的屋子着火了，也能见到仇视他的人赶来灭火。等他拨弄灰烬，搜寻他残余的可鄙财产时，最有可能来安慰和怜悯他的就是消防队长。"

特劳特摊开双手："在这里，我们见到了人把人当作人来珍视。这种情况极其罕见，因此我们必须从中学习其精神。"

. . .

"我的天，你太厉害了！"参议员对特劳特说，"你该去搞公共宣传！你能把破伤风说得像是有益于社区！像你这么有天赋的一个人，待在优惠券兑换中心能干什么呢？"

"兑换优惠券呗。"特劳特温和地答道。

"特劳特先生，"埃利奥特说，"你的胡子去哪儿了？"

"你见到我问的第一句就是这个。"

"再说一遍我听听。"

"我的肚子很饿，意志消沉。一个朋友知道有个工作在招人。于是我剃掉胡子去应聘。顺便说一句，我得到了那份工作。"

"我猜假如你留着胡了，他们就不会雇用你了。"

"就算他们说我可以留，我也会剃掉的。"

"为什么？"

"因为一个有着耶稣形象的人坐在那儿兑换优惠券，是在亵渎神圣。"

· · ·

"我听不够这位特劳特说话。"参议员大声宣称。

"谢谢。"

"我只希望你能别再说你是个什么主义者了。你当然不是！你是自由企业制度的拥护者！"

"但那不是我本人能够选择的，请相信我。"

埃利奥特琢磨着这两位有趣老人之间的关系。听见别人说他是个彻头彻尾的伪君子，是宣传机构的马前卒，特劳特并没有像埃利奥特以为的那样，觉得自己受到了冒犯。特劳特显然很喜欢参议员，把他视为一件精神饱满、表里如一的艺术品，不愿以任何方式破坏或伤害他。而参议员则很钦佩特劳特能把一切都说得合情合理的无赖劲头，然而他并不知道特劳特一向坚持只说真话。

"特劳特先生，你能写出多么出色的一份政治宣言啊！"

"谢谢。"

"律师也以这种方法思考——企图为毫无希望的乱摊子找到美妙的解释。但从他们嘴里说出来，不知为何总是不太对劲。他们无论说什么都像是在用卡祖笛吹《1812序曲》。"他往后一靠，露出灿烂的笑容，"来，说说埃利奥特在哪儿灌了一肚子黄汤，还做过什么伟大的壮举吧。"

· · ·

麦卡利斯特说："法庭肯定会问埃利奥特从实验中得到了什么结论。"

"远离烈酒，记住你的身份，据此做你该做的事情，"参议员有力地宣讲道，"还有，别误以为自己是上帝，否则别人就会抱着你的大腿抹眼泪，从你身上尽可能地榨取一切，仅仅为了得到宽恕的快乐去打破十诫——然后你一走开就说你坏话。"

埃利奥特不肯放过这句话："说我坏话，真的吗？"

"唉，该死——他们爱你，他们恨你，他们为你哭，他们嘲笑你，他们每天变着法地编排你。他们跑来跑去，像是被砍掉脑袋的小鸡，仿佛你真的是上帝，然后忽然有一天离他们而去。"

埃利奥特感觉到他的灵魂缩成了一团，知道他再也不可能承受回到罗斯沃特县的冲击了。

"在我看来，"特劳特说，"埃利奥特得到的最大的教训就是，人们会滥用他们能得到的毫无条件的爱。"

"这难道很新鲜？"参议员粗声粗气地喝问。

"新鲜之处在于一个人有可能在很长的一段时间内给出这样的爱。既然一个人能做到，那么其他人就也能做到。这意味着我们对无用之人的憎恨，还有我们为了他们好而虐待他们的残忍，这些未必是人类天性的一部分。多亏了埃利奥特做出的榜样，千百万人也许能学会去爱和帮助他们见到的其他人了。"

特劳特扫视周围众人的面孔，然后说出了他关于这个话题的最终结论。最终结论是：快乐。

. . .

"叽——喝——叽？"

埃利奥特再次望向那棵树，思考他曾经对罗斯沃特县抱着什么样的想法，这些想法不知怎的消失在了那棵悬铃木上。

"要是有个孩子就好了——"参议员说。

"啊哈，要是你真的想要孙子，"麦卡利斯特揶揄道，"按照最新的统计，有五十七个孩子可以供你自由挑选。"

除了埃利奥特，其他人都笑得前仰后合。

"这五十七个孩子是怎么一回事？"

"你的后裔啊，我的孩子。"参议员哧哧笑道。

"我的什么？"

"你的野种。"

埃利奥特觉察到这是个至关重要的谜题，他冒着暴露自己病得有多么严重的风险说："我不懂。"

"罗斯沃特县有这么多的女人声称你是她们孩子的父亲。"

"这太疯狂了。"

"当然很疯狂。"参议员说。

埃利奥特站起来，紧绷得像是弓弦："这……这不可能！"

"你表现得像是第一次听见似的。"参议员说，他望向布朗医生，眼神里透出不安。

埃利奥特捂住双眼："对不起，我……我对这个话题似乎没有任何印象了。"

"你没事吧，孩子？"

"我没事。"他松开手，"我很好。只是我的记忆里有个小小的断层，麻烦你们帮我补充一下。怎么……怎么会有这么多的女人这么说我呢？"

"我们无法证明，"麦卡利斯特说，"但穆沙里跑遍了全县，买通人们说你的坏话。孩子这档子事是从玛丽·穆迪开始的。穆沙里来到镇上第二天，她就宣称你是双胞胎福克斯克罗夫特和梅洛迪的父亲。这显然引发了某种女性群体狂热——"

基尔戈·特劳特点点头，显然很欣赏这样的群体狂热。

"于是全县到处都有女人冒出来宣称她们的孩子是你的。她们至少有一半似乎信以为真了。有个十四岁小姑娘，她的继父因为搞大她的肚子而进了监狱。现在她声称那是你干的。"

"这不是真的！"

"当然不是，埃利奥特，"他父亲说，"冷静，冷静一点儿。穆沙里甚至不敢在法庭上提到这件事。整个阴谋不但产生了逆火效应，而且超出了他的控制。这显然是一种群体狂热，没有一个法官会当真的。我们验了福克斯克罗夫特和梅洛迪的血，他们不可能是你的孩子。我们都懒得去验另外五十五个孩子的血了，让他们见鬼去吧。"

· · ·

"叽——嗝——叽？"

埃利奥特抬头看树，他眼前一黑后发生的事情突然全都回到了记忆里——他和长途车司机打架，拘束服，电击治疗，企图自杀，一次次打网球，一次次商讨如何在听证会上证明神志健全的战略会议。

随着这些记忆在他内心掀起惊天波涛，一个他早就想好的主意重新冒了出来，这个主意能立刻解决一切难题，既美妙又公正。

"告诉我——"他说，"你们都能发誓说我神志健全吗？"

他们全都慷慨激昂地发誓。

"而我依然是基金会的主席？我能用基金会的账户签支票吗？"

麦卡利斯特说他当然可以。

"账户上还有多少余额？"

"你这一年没怎么花钱——除了诉讼费用，你在这儿疗养的费用，你捐给哈佛大学的30万美元和你赠给特劳特先生的5万美元。"

"说起来，他今年花得比去年还要多呢。"参议员说。这是真的。埃利奥特在罗斯沃特县做慈善的支出少于他住在疗养院里的开销。

麦卡利斯特告诉埃利奥特，账户上还有350万美元左右，埃利奥特问他要来钢笔和支票簿。他签了张支票给他的堂兄弗雷德，金额是100万美元。

· · ·

参议员和麦卡利斯特一蹦三尺高，说他们早已向弗雷德提出过出钱和解了，而弗雷德通过律师傲慢地拒绝了。"他们想要整个基金会！"参议员说。

"那就太糟糕了，"埃利奥特说，"因为他们能得到的只有这张支票。"

"那要法庭说了算——天晓得法庭会怎么说，"麦卡利斯特提醒他，"你永远不可能猜到，永远不可能。"

"假如我有个孩子，"埃利奥特说，"那么听证会就毫无意义了，对吧？我是说，无论我是不是疯子，这个孩子都会自动继承基金会，而弗雷德的亲缘关系过于遥远，因此没有资格提出任何要求，对吧？"

"对。"

"即便如此，"参议员说，"100万美元对罗德岛州的费雷德也太多了。"

"那应该多少？"

"10万美元就足够了。"

于是埃利奥特撕掉100万美元的那张支票，签了一张只有它十分之一面额的支票。他抬起头，发现其他人都敬畏地望着他，因为他们终于理解了他刚才那番话的意思。

"埃利奥特——"参议员的声音在发抖，"你是想说你有个孩子？"

埃利奥特对他露出圣母般的微笑："是的。"

"在哪儿？谁生的？"

埃利奥特温柔地打个手势，请他们耐心一点儿："到时候你就知道了。"

"我当爷爷了！"参议员说。他扬起苍老的头颅，感谢上帝。

"麦卡利斯特先生，"埃利奥特说，"无论我父亲或其他人是否表示反对，你都有责任执行我交给你的法律任务，对吧？"

"作为基金会的律师，是的。"

"很好。现在我命令你立刻起草法律文件，从法律上承认罗斯沃特县的每个孩子都是我孩子，无论他们是什么血型。让他们全都作为我的子女，享有完全的继承权。"

"埃利奥特！"

"让他们从今往后改姓罗斯沃特。告诉他们，无论他们以后成为什么样的人，他们的父亲都爱他们。再告诉他们——"埃利奥特沉吟片刻，举起手里的网球拍，就好像那是一根魔杖。

"再告诉他们，"他重新开口，"要生养众多[1]。"

1　引自《圣经·创世记28：3》："愿全能的神赐福给你，使你生养众多，成为多族。"

读客®
彩条文库
外国文学读彩条，大师经典任你挑。

扫一扫，立即查看彩条文库全书目，
收集下一本文学好书！

1922

出生在一个没落的美国中产家庭，开始黑色幽默的一生。

1936

担任高中校报编辑，冯内古特发现："我可以轻松地比其他人写得更好。"

1940

进入康奈尔大学化学系，因为父亲和哥哥坚持要他选择一门"有用的"专业，而不是他更喜欢的人文学科。

1957

成立美国第一家瑞典萨博汽车经销店，一年后光速破产。冯内古特经常调侃自己痛失诺奖，正是因为这件事得罪了瑞典人，被"怀恨在心"。

1958

影响自己至深的姐姐、姐夫双双去世，冯内古特坚持收养了姐姐的3个孩子。

1959

出版《泰坦的女妖》。

1961

出版《茫茫黑夜》。

1963

出版《猫的摇篮》，并凭借本书获得芝加哥大学人类学系硕士学位。

1964

出版《祝你好运，有钱先生》。

1979

与第一任妻子离婚，同年与摄影师吉尔·克莱门茨结婚。

1976

出版《闹剧，或者不再寂寞》。冯内古特说："这本书是写给我姐姐的。"

1979

出版《囚鸟》。

1982

出版《神枪手迪克》。

1984

功成名就、家庭美满的冯内古特因抑郁症自杀未遂。女儿娜内特曾说："父亲写《五号屠场》是为了救自己，结果这本书也救了很多人。"

1985

出版《加拉帕戈斯》。

1985

出版《蓝胡子》。